KB005545

주석으로 쉽게 읽는

고정욱 삼국지 2

일러두기

1. 《고정욱 삼국지》는 기존의 여러 《삼국지》 번역본들을 비교, 대조하여 작가의 시각에서 현대적인 문장으로 재해석해 평역한 새로운 《삼국지》입니다.

2. 《삼국지》 원본의 장황하고 불필요한 사건이나 서술, 시, 관직, 인물명 등은 과감히 생략하여 쉽고 빠르게 읽을 수 있도록 구성하였습니다.

3. 주석과 고 박사의 '여기서 잠깐' 코너를 통해 역사와 문학, 그리고 사상과 철학 및 지식을 쉽게 배울 수 있도록 하였습니다.

4. 지리적 배경에 대한 이해를 돕기 위해 간략한 지도를 주석에 삽입하였습니다.

주석으로 쉽게 읽는

고정욱
삼국지

②

난세의 간웅

고정욱 편역

애플북스

차
례

1
유비, 서주 땅을 얻다

북평 태수로 있는 공손찬에게 귀한 손님이 찾아왔다. 다름 아닌 유비였다. 반갑게 맞아들인 공손찬이 물었다.

"동생이 어쩐 일로 나를 찾아왔는가?"

"형님, 아무래도 제가 서주를 구해야겠습니다. 외람되오나 군사를 빌려주십시오."

다짜고짜 유비가 부탁을 했다. 신중하고 섬세한 성격에 비추어 보건대 유비가 이렇게 어려운 부탁을 하는 일은 보기 드물었다.

"서주를 구한다는 것은 조조와 싸우겠다는 뜻이 아닌가?"

"그렇습니다."

당시 조조는 서주를 포위해 공격하고 있었다.

"내가 알기에 조조와 자네는 합심하여 황건적을 물리쳐 사이가 그다지 나쁘지 않을 텐데, 왜 남들 싸움에 끼어들어 관계를 틀어지게 하려하는가?"

유비도 이 대목에서 고통스러운 얼굴을 보였다.

"그렇긴 합니다만, 이미 약속한 터라 지키고자 합니다."

약속이라 말했지만 유비에게는 기회가 필요했다. 가만히 관청에 앉아 주어진 벼슬에 만족하며 살기에는 시대가 너무 혼란스러웠다. 전국 각지에서 제후 간의 암투와 전쟁이 끊임없이 이어진 까닭이다. 한 치 앞을 내다볼 수 없는 상황에서 유비에게도 전기가 필요했다. 그대로 주저앉아 있는 건 영웅의 행동이라 할 수 없었다.

"제가 자초지종을 말씀드리겠습니다."

유비는 자신이 나서게 된 이유를 설명했다.

당시의 정세를 말하자면, 사도 왕윤이 여포를 이용해 암적 존재인 동탁을 제거했으니 나라가 태평성대를 누려야 했다. 하지만 현실은 그렇지 않았다. 서량군의 우두머리인 동탁만 제거했을 뿐 나머지 세력이 고스란히 남아 있었기 때문이다. 동탁의 수하를 비롯한 잔당들은 장안으로 사람을 보내 사죄해 줄 것을 요청했으나 받아들여지지 않자 이판사판의 심정으로 창과 칼을 들고 난을 일으켰다.

주동자는 동탁의 수하였던 이각[†]과 곽사였다. 두 장수는 군사를 몰고 장안에 들이닥쳐 그들을 막으려던 여포의 배후를 휘저었다. 천하의 여포일지라도 악에 받친 이각과 곽사의 거친 공세를 막아 내지는 못했다. 결국 이각과 곽사가 장제, 번조 등 동탁의 잔당들과 함께 장안성을 점령하는 어처구니없는 결과가 빚어졌다. 동탁 제거의 일등 공신인 여포가 가족들을 챙길 새도 없이 도망갈 만큼 상황은 급박했다.

성안은 쑥대밭이 되었다. 수많은 백성과 신하들이 이때 죽임을 당했다. 이각과 곽사 무리가 내정을 둘러싸자, 헌제가 직접 밖으로 나와 반란군에게 말했다.

"그대들은 어쩌자고 군사들을 끌고 궁 안에 들어온 것인가?"

이각과 곽사가 험악한 얼굴로 되물었다.

"황실을 지키려 한 동 태사를 왜 죽인 것입니까?"

"동 태사가 무슨 중죄를 지었다고 죽인 뒤에도 길거리에서 백성들에게 능욕을 당하게 놔둔 것입니까?"

헌제는 두려운 마음이 있었지만 용기를 내어 다시 물었다.

여기서 잠깐!!

이각은 《삼국지연의》에서 동탁의 수하 장수로 동탁이 살해되자 바로 원수를 갚는다고 설치는 인물로 묘사되고 있어. 정사를 살펴보면 이각은 동탁의 수하가 아니라 동탁의 사위인 우보의 수하 장수였어. 우보의 명령을 받아 진류와 영천의 여러 현을 평정하는 공을 세운 장수이기도 해. 동탁이 죽고 우보도 죽자 우보의 원수를 갚는다고 난을 일으켜 실권을 잡은 것에 불과한데, 나관중은 바로 문학적 상상력을 발휘해 동탁의 수하로 그려 낸 거야.

"그대들은 지금 반란을 일으키려는 것인가?"

"저희들은 왕윤을 죽이러 왔을 뿐 절대로 반란을 일으키려는 것은 아닙니다. 시시비비를 가리고 나면 군사를 물릴 것입니다."

주위에 있던 신하들은 기겁했다. 황제도 차마 왕윤에게 뭐라 할 수 없어 이러지도 저러지도 못했다. 보다 못한 왕윤이 나섰다.

"신이 동탁을 제거한 것은 종묘사직을 위한 일이었지만, 일이 이 지경이 되었으니 저를 저 승냥이들에게 내주십시오. 저를 죽여 원한을 갚으려는 것입니다."

"하지만 그대는 동탁이라는 흉물을 제거한 공신이 아니던가! 내가 어찌 그런단 말인가?"

"폐하와 조정을 위해 죽을 수 있다면 소신은 더 바랄 것이 없습니다. 애초에 동탁을 제거할 때 이미 내놓은 목숨입니다."

왕윤은 스스로 이각과 곽사 앞으로 나갔다.

"죽음을 두려워할 내가 아니다!"

이각과 곽사는 동시에 칼을 들어 왕윤을 내리쳤다. 왕윤은 비명과 함께 쓰러졌다. 군사들은 환호성을 올리고 나서 분풀이를 한답시고 성안을 마구 노략질했다. 동탁이라는 탐욕스러운 곰을 제거하자, 이각과 곽사라는 승냥이가 황제를 차지한 셈이 되었다. 그들은 길바닥에서 썩어 문드러진 동탁의 시신을 뒤늦게 수습했다. 훼손된 부분은 향나무로 모양을 만들어 맞춘 뒤 성대하게 제사를 지냈다. 그리고 제멋대로 대장군의 지위에 올라 권력을 한 손에 거머쥐었다.

수도인 장안이 이처럼 어지러워지자 지방 곳곳에 숨어 있던 황건군 잔당들까지 다시 들고일어났다. 지휘부는 없어졌지만 전국 각지에서 조정에 불만을 품은 자들이 머리에 누런 띠를 두르고 다시 노략질에 나선 것이다.

당시 민초들은 살아가는 두 가지 길이 있었다. 하나는 제후 밑으로 들어가 병사가 되어 한몫을 노리는 것이고, 다른 하나는 황건군이 되어 노략질을 일삼는 것이었다. 하지만 말이 좋아 군사지, 우두머리도 없이 저마다 각지에서 산발적으로 출몰하며 게릴라전을 벌이는 것이 고작이었다. 하는 일이라고는 애초의 뜻과 달리 양민을 짓밟고 그들의 식량이나 재물을 빼앗는 것뿐이었다.

조정을 장악한 이각과 곽사도 황건군 잔당을 소탕하느라 골머리를 앓았다.

"도적들을 어떻게 소탕해야 한단 말인가?"

"우리가 궁을 비우고 직접 나가 도적들을 잡아들일 수도 없고……."

이각과 곽사는 전쟁터에서 잔뼈가 굵은 역전의 장수들이었다. 말하자면 그저 무식한 무장일 뿐이라 조정에 들어와 권력을 잡았으나 나라 전체를 아우르는 원대한 전략은 세워 본 적도, 세울 수도 없었다.

"황건군을 확실하게 진압할 사람은 현재 조조밖에 없습니다."

한 신하가 조조를 천거했다.

"조조가 지금 무슨 일을 하고 있는가?"

"동군의 태수가 되어 힘을 모으고 있다 합니다."

반동탁 연합군이 해산한 뒤 조조는 원소와 함께 힘을 기르고 있었다. 191년 7월, 원소는 한복을 협박해 기주목의 지위를 강탈했다. 그러자 원소와 대립하던 흑산적† 군사들이 원소가 다스리는 기주를 침입했다. 왕윤의 형인 동군 태수 왕굉이 나서서 막으려 했으나 패했고, 대신 그들을 격파하고 승리를 거둔 자가 조조였다. 그 공으로 조조는 동군 태수 자리를 차지했다.

"조조가 동군 태수가 된 뒤 많은 인재들이 그의 곁으로 몰려들었다고 합니다. 게다가 군사와 말, 양곡을 잔뜩 쌓아 두고 있다 하니, 조조에게 명령을 내리시면 도적을 손쉽게 소탕할 것입니다."

"그거 좋은 생각이다."

이각이 무릎을 쳤다. 곽사도 고개를 끄덕였다.

"도적들을 소탕하라고 하면 그자의 힘도 소모될 것이야. 이거야말로 일거양득이지."

이각과 곽사는 황제의 이름으로 명령을 내렸다.

그로부터 얼마 뒤, 도적을 소탕하라는 황제의 조서가 조조에게 날아왔다.

"드디어 나에게 기회가 왔구나."

조조는 기다렸다는 듯이 군사를 일으켰다. 명분은 확실했다. 황제의 명을 받든다는 것! 그렇지만 조조에게도 속셈이 있었다. 군사들을 그냥 먹고 놀게 할 수는 없었다. 실전 경험을 쌓아야 했을 뿐 아니라 위세를 보여 주변 제후들을 굴복시킬 필요가 있었다.

계획대로 군사를 일으킨 조조는 황건군을 하나둘 소탕해 나갔다. 싸움을 할수록 포로의 수가 늘었다. 하지만 항복한 황건군 포로들도 결국 근본은 백성이었다. 항복하고 마음만 바꾸면 조조의 군사가 될 수 있었다. 그러자 군사를 일으킨 지 얼마 지나지 않아 조조의 군사가 삼십만 명이 넘었고, 거느리는 백성이 백만 명을 초과했다. 대부분 고향으로 돌려보냈지만 쓸 만한 자들은 휘하에 두면서 계속 힘을 길렀다.

이때 조조를 찾아온 사람이 순욱, 순유, 정욱, 유역, 만총, 여건, 효선, 우금 같은 인재들이었다. 수많은 용사들이 몰려들었는데, 그중에서 힘이 가장 센 자는 전위였다. 전위는 항상 조조의 곁을 떠나지 않고 지킨 경호 장수였다. 전위는 조조가 보는 앞에서 팔십 근짜리 장창을 바람개비처럼 가볍게 돌리며 힘을 자랑했다. 한번은 거센 바람에 깃대가 쓰러지려는 것을 보고 수많은 병사가 달려들어 세우느라 애를 먹었는데, 전위 혼자서 한 손으로 깃대를 붙잡아 세워 모두 놀란 적이 있었다. 인재를 모은다는 것은 대단히 중요한 일이었다. 하나를 심어 하나를 수확하는 것은 곡식이고, 하나를 심어 열을 수확하는 것은 나무이며, 하나를 심어 백을 수확하는 것은 인재라는 말도 있지 않은가.

조조가 승승장구하며 꾸준히 자신의 세력

여기서 잠깐!!

흑산적은 또 어떤 조직인지 궁금하지? 황건군과 비슷하게 후한 말에 발생한 도적 무리야. 그 수가 백만에 달해 중앙 정부에서 통제하기가 힘들었지. 게다가 거듭된 전란으로 유랑민까지 가세해 그 세력이 급증하고 있었어. 강력한 두령이었던 장연을 맹주로 하여 황건군이 궤멸된 뒤에도 황하 이북의 여러 현에 피해를 입힌 반군 조직이라고 보면 돼.

을 키우고 있을 때 뜻밖의 사건이 일어났다.

이때 조조의 아버지 조숭[†]은 난리를 피해 일찌감치 도망쳐 낭야에 살고 있었다. 조조는 그곳으로 사람을 보내 일가친척 사십 명과 하인들을 모두 자신의 근거지로 데려오도록 했다.

이 당시 이사를 간다는 것은 여러 현을 거쳐 몇 날 며칠이고 말과 수레에 사람들을 태우고 목적지를 향해 이동해야 하는 고생스러운 일이었다. 날강도가 된 황건군이 언제 어디서 들이닥칠지 모르는 상황이라 호위병 또한 적잖이 필요했다. 그 과정에서 조숭 일행이 서주 지역을 지나가게 되었다.

서주 태수 도겸[†]은 성품이 온화한 자였다. 그는 조조에게 호감을 가지고 있었다. 호걸로 이름난 조조와 친하게 지내면 나쁘지 않겠다고 늘 생각하고 있었다. 그러던 차에 조숭의 이삿짐 행렬이 관할 지역을 지나간다고 하자 때맞춰 잔치를 베풀어 정성껏 대접했고, 그들이 떠날 때가 되자 군사 오백 명을 붙여 호위하도록 했다.

"군사들이 편안히 모실 것입니다."

"고맙습니다. 이 은혜는 잊지 않겠습니다. 나중에 아들놈을 만나면 꼭 얘기하겠습니다."

조숭은 아들을 잘 둔 덕에 어깨가 으쓱해진 채 군사들의 보호를 받으며 길을 나섰다. 그러나 이것이 화근이 될 줄 누가 알았으랴.

당시 유비가 군사라고 모은 자들이 동네의 어중이떠중이였던 것처럼 도겸의 군대도 별반 다르지 않았다. 황건군이었다가 귀순한 자들을 군대에 편입시킨 일도 많았다. 한마디로 정체불명의 인간들이 관군에 섞

여 있었다. 그들은 애초에 황건군에 들어간 것도 굶주림 때문이었기에 전쟁에 참가해서도 운 좋게 한몫 잡으려는 생각뿐이었다. 관군이 되었건 황건군이 되었건 밥만 먹을 수 있다면 아무 상관이 없었다. 당시 수많은 전쟁과 전투에서 장수들이 가장 곤혹스러워한 점이 패했을 때 군사들이 흩어져 사라지는 것이었다. 군사들은 불리하다 싶으면 바로 도망쳐 적군에 편입되기를 되풀이했다. 도겸이 조숭에게 붙여 준 군사도 예외일 수 없었다.

조숭 행렬이 부지런히 목적지를 향해 나가는데 갑자기 비가 쏟아졌다.

"저기 비를 피할 만한 절이 있습니다."

앞서가던 호위병이 알려 왔다.

조숭은 절에 들어가 자신을 소개하고 하룻밤 묵기를 청했다.

"영웅호걸인 조맹덕의 부친이시니 저희가 영광입니다."

미리 소식을 듣고 있던 승려들이 반가이 맞아 주어 조숭 일행은 절에 들어가 따뜻하게 지낼 수 있었다.

그러나 호위하는 오백 명의 군사들은 옷이

조숭은 정사에 의하면 일찍부터 벼슬에 올라 관직이 태위까지 이르렀다고 해. 원래 성은 하후씨인데 환관 조등의 양자로 들어가 조숭이라는 이름을 쓰게 되었어. 맹장인 하후돈의 숙부라는 관계를 따져 보면 조조와 하후돈은 사촌지간이 되지. 작품에서도 종종 보이는 조조의 하후돈에 대한 신임과 하후돈의 조조에 대한 충성은 바로 혈연이 바탕이 된 거였어.

~

도겸은 실제 역사와 다르게 많이 왜곡된 사람 가운데 하나야. 정사에 따르면 그는 동탁 토벌 연합군에 참여하지도 않았고, 성격도 온화하다기보다 도를 잘 어기고 감정에 따라 행동하는 사람이었다고 해. 사람에게 벌을 줄 때도 형평성이 없었고, 그 때문에 선량한 사람이 피해를 입었다고 하니까, 어쩌면 도겸이 정말로 실수인 척 위장하고 조숭을 죽였는지도 몰라. 그래 놓고 뒷감당을 하지 못한 감정적 인물이 아닌가 싶기도 하단다.

흠뻑 젖은 채 처마 밑에 서서 상갓집 개처럼 떨어야 했다. 먹을 것도 부족하고 잠자리도 없었다. 그때 병사들을 이끄는 장개라는 자가 불순한 마음을 먹었다. 수십 대의 수레에 싣고 가는 재물을 보고 욕심이 발동한 것이다. 장개는 조숭 일가를 죽이기로 마음먹고 은밀히 부하들을 설득했다.

"우리가 조숭 일가를 호위해 주고 돌아가 봐야 얻는 건 식어 빠진 죽 한 그릇 아닌가. 차라리 저들을 없애고 재물을 나눠 갖자."

부하들도 싫다 할 리 없었다.

"저희도 같은 생각입니다."

"좋다. 밤이 깊어지면 내가 신호할 테니, 조가 성을 가진 놈들을 하나도 남기지 말고 죽여라."

그날 새벽 약속한 시간이 되었을 때 곤히 잠자던 조숭은 시끄러운 소리에 잠이 깨어 벌떡 일어났다. 사방에서 심상치 않은 소리가 들렸기 때문이다.

"한 놈도 살려 두지 마라!"

"조가 놈들을 잡아 죽여라!"

문밖을 내다보니 험악한 소리와 함께 호위병들이 하인이며 일가친척을 닥치는 대로 죽이고 있었다.

"이런 변이 있나……."

조숭은 도망가려 했지만 너무 늦고 말았다. 방문을 부수고 들어온 병사의 칼날에 조숭의 목이 그대로 떨어졌다. 조숭의 일가를 몰살시킨 장개는 재물을 빼앗아 멀리 도망쳤다. 후세 사람들은 그 소식을 듣고 조조가 자신에게 호의를 베푼 여백사와 그의 가족을 죽인 벌을 받았다고들 얘기했다. 인과응보가 따로 없다는 것이다.

겨우 살아난 하인이 조조에게 달려가 참상을 전했다.

"흑흑, 장군님 아버님과 가족들이 절에서 몰살당했습니다."

"뭐라고?"

조조는 너무 큰 충격을 받아 그 자리에서 혼절했다.

한참 뒤 깨어난 조조는 땅을 치며 통곡했다.

"아버님! 이게 도대체 무슨 변고란 말입니까, 으흐흐흑!"

이제 겨우 세력을 갖고 패업에 도전해 아버지에게 부귀와 영화를 안겨 주려 했는데 다 쓸데없는 일이 되고 만 것이다.

"우리 가족이 어쩌다 몰살당했단 말이냐?"

자초지종을 들은 조조는 대번에 도겸을 의심했다.

"도겸이 아버님을 죽음으로 몰아넣었구나. 내가 그놈과 한 하늘을 이고 살 수가 없도다. 서주를 쓸어버리겠다. 군사를 일으켜라!"

조조가 군사를 거느리고 서주를 향해 출격했다. 조숭이 죽었다는 것이 첫째 이유였지만, 이참에 서주 지역을 차지해 자신의 세력을 늘리려는 속셈이 있기도 했다.

"서주 성안에서 살아 숨 쉬는 것들은 모두 숨통을 끊어 놓겠다. 개, 돼지까지도 말이다."

원한이 뼈에 사무친 조조는 군사를 몰고 세찬 기세로 쳐들어가 서주성 앞 들판에 진을 쳤다. 서주 태수 도겸은 날벼락을 맞은 꼴이었다. 관계를 돈독히 하려고 호의를 베풀었는데 그것이 오히려 화가 되어 조조와 일전을 치르게 되었으니 말이다. 호떡집에 불난 듯 서주성에서 연일 대책 회의를 벌였지만 뾰족한 수가 나오지 않았다.

이때 조조와 안면이 있던 동군 종사 진궁이 앞으로 나섰다.

"저는 조조와 약간의 인연이 있습니다. 제가 가서 간곡히 부탁해 보겠습니다."

진궁이 누구던가. 조조가 동탁을 죽이려다 실패하고 도망쳤을 때 살길을 열어 준 바로 그였다. 여백사 가족을 몰살한 일로 조조 곁을 떠난 진궁은 주인을 찾아 헤매다 지금은 서주에 머물고 있었다. 그는 조조와의 인연이 끈질기다 생각했다.

태수 도겸이 반색하며 말했다.

"오, 그런 인연이 있는 줄은 몰랐네. 그렇게만 해준다면 내 무엇을 더 바라겠는가?"

"제가 목숨을 구해 줬다는 걸 기억한다면 제 말을 들을 겁니다."

"부디 그대 말대로 되면 좋겠소."

도겸의 바람을 뒤로하고, 진궁은 곧바로 조조를 만나 예의를 갖춰 인사를 올렸다.

"참으로 오랜만에 뵙겠습니다."

조조는 진궁이 자기를 설득하러 온 줄 알고 내심 불쾌했다. 하지만 과거에 목숨을 구해 준 은혜를 생각해 마지못해 장막 안으로 들였다.

"장군께서 군사를 일으킨 사연을 저도 알고 있습니다. 그러니까 사적인 원한으로 서주를 공격하시겠다는 것 아닙니까?"

"그렇다네."

"서주 태수 도겸은 어진 분입니다. 사사롭게 재물을 탐해 공의 부친을 해칠 인물이 아닙니다. 수하 장수 장개라는 놈이 멋대로 저지른 일을 도겸의 죄로 물으시면 안 됩니다. 장개는 지금 전국에 수배해 두었습니다. 잡히는 대로 목을 베어 보내겠습니다."

"흥, 그따위 얄팍한 거래로 죄를 없앨 수는 없네."

"제 말을 믿어 주십시오. 진심입니다. 그리고 서주 백성들이 무슨 죄가 있습니까? 그들을 왜 죽이려 하십니까? 장군께서 대업을 이루려는 것도 따지고 보면 백성들의 고통을 덜어 주려는 것 아닙니까? 부디 깊이 살피시기 바랍니다."

조조가 벌컥 화를 내며 말했다.

"그대는 나를 배신하고 말도 없이 떠나더니, 이제 와서 무슨 낯으로 군사를 거두라 마라 하는가? 도겸이 무참히 우리 가족을 죽였으니 그자의 생간을 꺼내 씹어 먹어도 시원치 않을 판일세."

싸늘한 조조의 얼굴을 살핀 진궁은 더 말해 봤자 소용없다는 것을 알고 조조의 막사를 나왔다.

'내가 그대를 키울 수는 없어도 곤란에 빠뜨릴 수는 있다는 걸 알게 해주마.'

진궁은 도겸을 볼 면목이 없어 그길로 어둠 속으로 사라졌다.

조조를 설득하러 간 진궁은 돌아오지 않고 적의 군사들은 여전히 진을 치고 있어 도겸은 뜬눈으로 밤을 새웠다. 날이 밝아 성루에 올라 조조 진영을 살펴본 도겸이 긴 탄식을 했다.

"아, 저것이 조조의 군대구나."

조조 군의 위세는 대단했다. 하얀 깃발에 '원수를 갚아 한을 씻는다'는 '보수설한(報讐雪恨)'이라는 글자가 적혀 있었다. 흰 상복을 입은 조조가 성루에 있는 도겸을 보고 말을 타고 다가왔다.

"네놈이 감히 내 부친과 일가를 몰살시키고도 아직 죄를 뉘우치지 않는단 말이냐?"

도겸이 아래를 보며 공손히 사죄했다.

"나는 그저 공과 교분을 트고 싶었던 사람일 뿐이오. 그래서 공의 부친을 안전하게 모시도록 했는데 생각지도 않게 수하에 있던 놈들이 옛 버릇을 못 고치고 크나큰 죄를 저질렀소이다. 내 잘못이 아니니 부디 용서해 주기 바라오."

"절대 용서할 수 없다. 비겁하게 아랫것들 뒤에 숨지 말고 당장 무릎을 꿇어라!"

항복하면 어떤 일이 벌어질지 도겸은 잘 알고 있었다. 원한을 갚는답시고 서주성 백성을 몰살시킬 것이 뻔했다. 절대로 어느 누구 하나 살려 둘 위인이 아니었다. 결국 화해의 시도는 물거품이 되고 전쟁만이 유일한 해결책이 되었다.

이때 도겸의 책사 미축[†]이 앞으로 나섰다.

"주공께서 서주를 다스리는 동안 서주 백성들은 평안했습니다. 조조의 군사가 많다 하나 우리가 힘을 합치면 결코 쉽사리 무너뜨리지 못할 것입니다. 성을 굳건히 지키고 계시면 제가 조조에 맞설 방책을 강구해 보겠습니다."

미축은 동해 구연 출신으로 부잣집 아들이었지만 어느 순간 깨달음을 얻어 전 재산을 가난한 사람들에게 나눠 준 의인이었다. 그런 소문을 듣고 도겸이 별가종사로 삼아 곁에 두고 있었다.

"조조에 맞설 방책이라……. 어떤 방책인가?"

"주공께서 성을 지키는 동안 제가 북해에 가서 공융† 태수에게 구원을 청하겠습니다. 또한 청주의 전해에게도 사람을 보내 원병을 청해 오시면 조조도 버티지 못하고 물러날 것입니다."

달리 선택의 여지가 없었던 도겸은 미축의 말을 따르기로 했다. 미축은 그길로 북해 태수를 찾아갔다. 생각지도 않게 서주에서 사람이 왔다는 말을 듣고 공융은 의아해했다.

"그대는 어쩐 일로 나를 찾아왔는가?"

미축이 도겸의 편지를 꺼내 전달했다. 도움을 주면 평생 은혜를 잊지 않겠다는 간절한 내용이었다. 미축은 공융을 설득했다.

"조조가 서주를 포위하여 서주는 지금 풍전등화의 처지에 놓여 있습니다. 제발 도와주십시오."

"과거에 나는 도겸과 친하게 지냈던 사이요.

미축은 원래 서주목인 도겸의 별가종사였어. 도겸이 죽은 뒤 유비를 보좌하게 되었는데, 자신의 여동생을 유비에게 출가시켜 처남 매부 사이가 되었지. 훗날 서열이 제갈공명보다 위라는 평을 받았을 만큼 유비의 사랑을 받았어.

～

공융은 공자의 20대 후손으로 어렸을 때부터 남달리 뛰어나고 총명했다고 해. 정사에 따르면 공융은 강직한 사람이어서 정당하지 않은 조조를 여러 차례 비난하는 바람에 조조의 노여움을 사 목숨을 잃었다는구나. 그렇지만 후한 말의 문학가로 '건안칠자(建安七子)' 가운데 한 사람으로 칭송받았어.

서주가 위기에 빠졌다니 남의 일 같지 않소."

미축은 다행이라 여겼다. 하지만 공융은 결코 호락호락한 인물이 아니었다.

"그렇지만 나는 조조와 원수진 일도 없소. 두 사람 사이에 끼어든다는 것은 누가 봐도 조조와 등을 지게 된다는 뜻이니, 원군을 결정하기 전에 먼저 편지를 보내 화해를 유도해 보려 하오. 조조가 내 의견을 묵살하면 그때 원군을 보내도 늦지 않을 것 같구려."

공융은 어찌 됐든 시간을 벌려 했다. 미축은 하릴없이 물러날 수밖에 없었다. 하지만 일은 뜻하지 않게 외부적 요인으로 급변했다. 공융의 의지와 상관없이 황건군 잔당이 북해를 공격하는 엉뚱한 상황이 벌어진 것이다. 황건군 잔당 수만 명이 몰려와 큰소리를 쳤다.

"북해는 예로부터 양식이 풍부한 고장이다. 우리에게 양식 일만 석을 내놓아라. 안 그러면 다 죽여 버리겠다!"

공융은 당황하지 않고 차분히 말을 받았다.

"나는 한나라 신하로서 황제의 명에 따라 이 땅을 지키고 있다. 이 땅에서 나는 소출은 황제께 세금으로 바쳐야 할 것들이다. 너희 같은 도적 떼에게 나눠 줄 양식은 한 톨도 없다."

"뭐라? 나중에 후회하지나 마라. 잘근잘근 밟아 주겠다."

황건군이 물밀듯이 달려들었다. 들판에서 접전이 벌어졌지만 공융의 군사들은 굶주림에 악이 받친 황건군의 상대가 되지 않았다. 공융은 성으로 돌아와 군사를 재정비하는 수밖에 없었다. 이만한 실력으로 조조 군에 맞서 서주를 구한다는 건 삼척동자도 웃을 일이었다.

'아, 공융의 군사가 이렇게도 미약하단 말인가?'

미축은 공융의 한심한 꼴을 보고 있자니 가슴이 답답했다. 자기의 계략이 고작 이 정도 군사를 상대로 한 것이었나 싶은 자괴감도 들었다.

공융이 한참 동안 고민하다 혼잣말처럼 내뱉었다.

"유현덕이라는 자가 여기서 멀지 않은 곳에 있다는데, 그자가 도움을 주기만 하면 황건군을 무찌르는 건 일도 아닐 텐데……."

동탁을 처단하려 전국의 제후들이 연합군을 결성했을 때 적장의 목을 나무에 달린 열매 따듯 가볍게 가져온 유비와 관우, 장비의 명성이 전국에 자자했기에 공융 또한 그들을 알고 있었다. 공융의 말을 들은 태사자[†]가 나서서 말했다.

"제가 당장 다녀오겠습니다!"

태사자는 어머니가 공융의 도움을 받았다고 은혜를 갚으라고 했다며 오로지 충성심으로 공융을 도우러 온 사람이었다. 오늘날로 치면 의용군이었던 셈이다.

태사자는 식견이 높고 용감한 인물로 알려져 있지만 나중에 비참한 최후를 맞게 되지. 하지만 정사에 의하면 손책이 태사자로 하여금 유표의 조카인 유반의 공격을 방어토록 했고, 손권이 동오를 통솔할 때도 남방을 지킨 중요인물로 나와. 그것만 보아도 비참한 최후를 맞는《삼국지연의》에서의 이야기는 허구라는 걸 알 수 있어.

"오, 자네가 젊은 패기로 꼭 성사시키기 바라네."

태사자는 홀로 말을 타고 황건군의 포위망을 뚫고 달려갔다.

"저자를 잡아라!"

황건군 군사들이 허둥지둥 태사자를 쫓았다. 그러나 말 위에서 쏘는 태사자의 백발백중의 활솜씨를 당하지 못하고 추격을 멈추었다. 태사자는 유유히 말을 달려 평원의 유비를 찾아갔다.

유비는 난데없는 방문객을 맞았다.

"그대는 무슨 일로 나를 찾아왔는가?"

"저는 북해에서 온 태사자라고 합니다. 북해에서 맡고 있는 직함이 있는 것도 아니고 태수와 피를 나눈 친척도 아니지만, 북해의 위기를 보고 저희 어머니께서 도우라 하셔서 자청해서 찾아왔습니다."

태사자가 어머니 얘기를 꺼내자 유비는 갑자기 탁현에 남은 노모가 생각났다. 효성이 지극한 자는 대개 의리가 있고 충정심이 강하다는 것을 유비 또한 알고 있었다.

"지금 원한에 사무친 조조가 백성들까지 모조리 몰살시키겠다며 서주를 포위한 상태입니다. 이대로 가면 더 버티기 힘든 상황입니다. 게다가 서주를 도와주려던 북해 태수께서도 도적들에게 포위당해 위태로운 지경이지요."

"그것이 나와 무슨 상관이란 말인가?"

"듣자하니 공께서는 황실의 친척으로 어질고 너그러우며 어려움에 처한 자는 반드시 구해 준다 들었습니다. 북해 태수께서 포위를 뚫고 저를 보내신 것은 구원병을 청하기 위함입니다. 저희를 돕는 건 결국 한나라 조정을 튼튼하게 하는 일입니다."

태사자의 이야기는 설득력이 있는 데다 유비의 공명심까지 건드렸다. 그리고 무엇보다도 어지러운 세상에 홀로 고요할 수만은 없다는 생각이 거병을 충동질했다.

"알겠다. 당장 군사를 거느리고 출동하마."

유비는 황건군을 소탕해야 한나라 조정이 안정된다는 대의명분으로 군사 삼천 명을 이끌고 북해로 향했다.

유비의 군대가 북해에 닿자마자 수만 명의 황건군이 벌 떼처럼 달려들었다. 관우가 먼저 나서자 황건군 장수 관해가 용감하게 앞으로 나섰다. 하지만 술이 식기도 전에 화웅의 목을 베었던 관우를 당할 수는 없었다. 관해는 수합 만에 관우의 청룡언월도를 맞고 말에서 떨어졌다. 뒤이어 장비와 태사자가 황건군 진영을 짓밟았고, 성안에 있던 공융의 군사들도 협공에 나서 대승을 거두었다. 황건군은 뿔뿔이 흩어져 도망갔다.

성안으로 들어간 유비는 공융의 융숭한 대접을 받았다.

"듣던 대로 유현덕께서는 대단한 분이십니다. 위험을 무릅쓰고 저희를 구해 주시니 은혜를 어찌 갚아야 할지 모르겠습니다."

공융은 유비에게 감사의 인사를 올렸다.

"아닙니다. 도움이 되어 기쁩니다. 황건군을 무찌르는 것이 곧 종묘사직을 지키는 일 아니겠습니까?"

유비가 겸손하게 말하자 공융이 고개를 끄덕였다. 그러고 나서 미축을 소개하며 서주 태수 도겸과 조조의 아버지 조숭이 얽히게 된 사연, 그 때문에 조조가 서주를 공격해 죄 없는 백성들을 유린하는 상황을 설명했다.

"이제 우리가 힘을 합해 조조를 치러 갑시다. 서주를 도와야 하지 않겠습니까?"

공융의 말에 유비가 마음을 굳힌 듯 결연히 말했다.

"몇천밖에 안 되는 군사로 조조의 수십만 대군을 대적할 수는 없습니다. 그런데도 도겸 태수를 돕기 위해 군사를 일으킨 것은 도탄에 빠진 백성을 구하고자 하는 대의명분 때문입니다. 군사 하나라도 모을 수 있으면 분명 힘이 될 테니, 제가 북평의 공손찬에게 가서 군사를 오천 명만 더 얻어 가도록 하겠습니다."

유비의 말을 진심이라고 믿은 공융은 미축에게 먼저 서주로 가라 이른 뒤 군사를 정비해 떠날 채비를 했다.

"이것이 제가 전쟁에 나선 연유입니다."

유비에게 긴 사연을 듣고 난 공손찬은 고개를 끄덕였다.

"내게 군사를 빌려 가겠다고 이미 약속했단 말이군."

"그렇습니다."

공손찬은 유비와의 의리를 지키기로 했다.

"조조와 등을 지는 위험을 감수하고라도 약속을 지키겠다니, 내가 그 뜻을 헤아려 군사 이천 명을 빌려주겠네."

요청한 군사는 오천이었지만 이천밖에 못 주겠다고 나오는 공손찬을 보고 유비가 잠시 생각하고 나서 말했다.

"좋습니다. 그럼 조자룡을 데려가게 해주십시오. 그와 함께 가겠습니다."

"그러도록 하게."

조자룡의 진정한 값어치를 경험하지 못한 공손찬은 순순히 승낙했다. 유비는 군사 몇천보다 조자룡 하나를 데려가는 것이 더 큰 이득이라 여겼다. 유비는 사람 보는 눈을 타고났기에 이미 전에 본 적이 있는 조자룡을 자기 사람으로 만들 속셈이었다. 유비는 자신이 거느리고 있는 군사 삼천에 공손찬에게 빌린 이천의 군사를 더해 당당히 서주로 진격했다.

서주에 도착했을 때 조조는 견고하게 진을 친 채 군사들을 움직이지 않고 경계했다. 구원군인 공융이 이미 도착했고, 유비마저 군사를 끌고 오는 것을 보았기 때문이다. 그렇게 양군은 섣불리 작전을 펴지 않고 대치 상태에 들어갔다.

"아무래도 내가 성안으로 들어가 봐야겠다."

유비는 포위망을 뚫고 성안으로 들어갔다. 유비를 만난 서주 태수 도겸은 크게 고무되었다.

"유공, 어서 오시오!"

"환난 중에 얼마나 고심이 크셨습니까?"

도겸은 유비와 정중히 인사를 나눈 뒤 잔치를 베풀어 극진히 대접했다. 병사들에게도 술과 음식을 아낌없이 나누어 주었다. 도겸은 일면식도 없는 사이인데 어려운 처지에 놓인 자신을 돕고자 위험을 감수하고 군사를 일으킨 유비가 그저 고마울 따름이었다. 게다가 유비의 인격과 대인의 풍모에 크게 감동받았다.

"고립무원인 이 늙은이를 도와주어 정말 고맙소."

"아닙니다. 어려움에 처하셨으니 당연히 도와드려야죠."

도겸은 유비를 겪으면 겪을수록 타고난 기개나 생김새가 늠름하고 활달하여 점점 그에게 빠져들었다.

'이런 영웅이야말로 서주를 맡을 큰 그릇이로다.'

도겸은 마음을 굳히고 미축을 불렀다.

"인수를 가져오게."

미축이 인수를 가져오자 도겸이 그것을 유비에게 내밀었다.

"유공, 이것을 받아 주시오."

"무슨 말씀이십니까?"

유비가 펄쩍 뛰었다. 인수를 바친다는 것은 그 지역의 지배권을 넘긴다는 뜻이었다.

"한나라 황실의 기강은 무너진 지 이미 오래되었소이다. 그동안 서주 땅을 내가 지키고 있었지만 언젠가는 뛰어난 영웅에게 넘기려 하고 있었소. 부디 서주를 받아 주시오. 나는 무능하고 힘이 없어 다스리기 어렵소. 조정에 표문을 올릴 테니 꼭 받아 주기 바라오."

유비가 벌떡 일어나 소리를 높였다.

"절대로 받을 수 없습니다. 저는 공도 없을 뿐 아니라 황실의 자손이라는 것밖에 내세울 것이 없습니다. 지금 평원상 노릇도 감당을 못 하고 있는 처지입니다. 이런 제가 어찌 사사로운 욕심으로 군사를 일으켰겠습니까?"

"아니오. 제발 이 늙은이의 진심을 외면하지 마시오."

자연의 도(道)는 말로 표현할 수 없고, 자연의 덕(德)은 인위적인 노력으로 이룰 수 없는 법이다. 유비가 갖춘 덕은 타고난 것인 듯했다. 두 사람이 서로 사양하는 모습을 보고 미축이 나섰다.

"지금 급한 일은 조조를 물리치는 것입니다. 인수 문제는 조조를 물리친 다음에 상의하셔도 늦지 않다고 봅니다."

유비가 고개를 끄덕이며 말했다.

"제가 일단 조조에게 편지를 쓰겠습니다. 저와 조조는 약간의 안면이 있습니다. 간곡한 편지를 써서 보내면 말을 들을지도 모르고, 혹시 받아들이지 않는다 해도 그때 공세를 취하면 됩니다."

다음 날 조조는 유비의 편지를 받았다.

조공!

공을 뵌 지 오래입니다. 멀리 떨어져서 뵙지 못했습니다.

듣자하니 공의 부친이 당한 변고는 장개라는 자의 개인적인 욕심 때문이라 합니다. 도겸 태수의 죄가 아니니 그만 용서하시지요. 아직도 황건적 무리가 준동하고, 이각과 곽사 같은 동탁의 잔당이 조정을 어지럽히고 있지 않습니까? 먼저 조정의 안녕을 구하는 것이 사사로운 원한보다 앞서는 일이라 생각합니다.

부디 서주를 포위한 군사를 풀어 나라를 구하는 데 쓰기 바랍니다. 그리하면 이 유비도 힘을 합쳐 돕겠습니다.

편지를 받아 든 조조는 크게 노했다.

"돗자리나 짜던 시골 촌놈이 감히 나를 가르치려 드는구나. 서신을 가져온 사자의 목을 베고 당장 군사를 진격시켜라!"

조조의 분노는 여전히 하늘을 찌르고도 남았다. 그때 전령이 황급히 달려왔다.

"장군, 지금 여포가 연주를 치고 복양을 점령했다고 합니다!"

"뭐라, 여포가? 아……."

조조는 뒤통수를 호되게 맞은 느낌이었다. 동탁이 죽고 왕윤이 이각과 곽사에게 끔찍하게 죽임을 당한 뒤 곤경에 빠졌던 여포는 원소를 찾아갔다, 원술을 찾아갔다 하며 떠돌았다. 자신을 받아 줄 제후를 찾아 유랑한 것이다. 그렇지만 여포는 당대 최고의 무예와 용력을 가진 장수였다. 결국 장막에게 투항해 지내다 조조가 출병해 최소한의 군사만 남겨 둔 연주를 발 빠르게 차지했다. 이런 계책은 때마침 장막에게 와 있던 진궁에게서 나온 것이다. 여포는 내친김에 승세를 몰아 복양까지 점령했다. 조조 없는 땅에 여포가 들어가 마구 짓밟은 것이다. 순욱과 정욱이 맡아 지키는 성들만 빼고 나머지는 모두 여포의 손아귀에 들어갔다. 조조로서는 부친의 원수를 갚는다며 한가로이 멀리 나와 있을 계제가 아니었다.

"이런 낭패가 있나……."

조조는 입술을 지그시 깨물었다. 자신의 근거지를 빼앗기면 돌아갈 곳이 없게 된다. 아직까지 기반이 탄탄하지 않은 그로서는 큰 위기가 아닐 수 없었다.

이럴 때 누구보다 상황 판단이 빠른 조조였다. 결과가 어찌 될지 모르는 서주를 노리고 시간을 끄는 것은 소탐대실이었다. 하루빨리 돌아가야 했다. 하지만 모양 빠지게 뒤도 안 돌아보고 갈 수는 없는 노릇이었다. 적 앞이라도 체면은 지켜야 했다.

조조는 유비가 보낸 사자를 처단하라는 명을 거두고 재빨리 편지를 썼다.

유공!
그대의 의견이 정 그렇다면 나 역시 싸울 이유가 없소. 나라의 기강을 바로 잡기 위해 이번에 군사를 물리니, 훗날이라도 내 은혜를 잊지 마시오.

유비에게 편지를 보낸 조조는 재빨리 군사를 거둬 후퇴했다.

다음 날 성 밖을 내다본 도겸은 깜짝 놀랐다. 들판에 가득했던 조조의 군사들이 신기루처럼 사라졌기 때문이다.

"아니, 이럴 수가……."

눈을 씻고 다시 봐도 들판에는 조조의 군사들이 불을 피우던 돌 아궁이만 여기저기 남아 있을 뿐이었다. 도겸은 꿈에도 생각지 못한 전개도였다. 전쟁에서 진정한 승리는 싸우지 않고 이기는 것이라 했으니, 도겸으로서는 이보다 좋은 상황이 없었다. 유비의 편지 한 장에 조조가 물러간 것이다.

"역시 유공은 달라도 보통 다른 분이 아니오."

"감축드립니다!"

유비는 조조의 편지를 받고 반신반의했지만 막상 조조가 물러간 것을 확인하자 무엇보다도 군사를 잃지 않아도 되어 기뻤다. 도겸은 다시 한 번 잔치를 베풀어 기쁨을 나누었다. 그리고 여러 사람이 모인 자리에서 마음먹은 것을 점잖게 밝혔다.

"나는 이제 나이가 들어 기력이 없는 데다 자식들도 변변치 않아 유공에게 서주 땅을 물려주고 쉴 생각이니 그리들 아시오."

그러나 유비는 여전히 도겸의 제안을 받아들이지 않았다.

"안 됩니다. 저는 의리와 신의를 지키고자 했을 따름입니다. 군사를 잃지도 않았고 전투를 치르지도 않았습니다. 이런 마당에 제가 서주를 다스린다고 하면 세상 사람들이 뭐라 하겠습니까? 옳지 않습니다."

곁에 있던 미축이 거들었다.

"지금 황실이 흔들리고 전국이 극도로 혼란스러운 상황입니다. 서주가 비록 땅이 작기는 하나 물자도 풍부하고 백성도 많습니다. 이곳을 인수하셔서 나중에 큰 뜻을 이루는 밑천으로 삼으소서."

미축은 유비의 뜻을 정확하게 꿰뚫고 있었다. 그가 패업을 꿈꾼다는 것을 알았기 때문이다. 유비가 미축을 물끄러미 바라보았다. 자신의 속마음을 들킨 것만 같아 얼굴이 붉어졌다. 그러나 다시 한 번 고개를 내저었다.

"아니오. 결단코 따를 수 없습니다."

이번에는 도겸의 신하들이 나서서 서주를 받아 달라고 애원했다.

"유공, 제발 저희를 거두어 주시기 바랍니다."

유비는 그래도 고집을 꺾지 않았다. 곁에서 지켜보던 관우마저 불만스러워했다.

"저렇게 간절히 원하니 잠시라도 맡아서 다스리시지요."

장비도 거들었다.

"억지로 뺏는 것도 아니고 호의로 주겠다는 걸 왜 안 받으십니까?"

"아니다!"

유비는 단호했다. 도의에 맞지 않는다고 여긴 것이다. 도겸이 다시 거듭 간청했으나 유비가 뜻을 굽히지 않자 타협안을 내놓았다.

"그렇다면 여기서 가까운 곳에 소패성이 있습니다. 군사들을 거느리고 지낼 만하니 그곳에 머무르십시오."

그것마저 뿌리치기에는 야박했다.

"그럼 잠시 소패성에서 지내도록 하겠습니다."

유비는 도겸의 배려로 소패에 자리를 잡았다. 고향을 떠나온 뒤 비로소 작은 성 하나를 차지한 것이다. 그곳에서 백성을 다스리고 고을을 관리하며 미미하나마 자신의 세력 기반을 닦기 시작했다.

한편 조조와 여포는 혼신의 힘을 다해 치열한 싸움을 벌였다. 수적으로 우세한 조조였지만 천하의 여포를 누르기는 간단치 않았다. 난다 긴다 하는 조조의 군사들도 여포 앞에서는 설설 기기 일쑤였다. 그 바람에 조조는 몇 차례 목숨을 잃을 위기를 맞기도 했다. 그럴 때마다 전위와 하후연 등 장수들의 도움으로 목숨을 건졌다.

그렇게 한참을 싸우다 조조와 여포는 결국 싸움을 멈추었다. 그해에 갑자기 메뚜기 떼가 날아들어 관동 일대의 곡식을 망치는 바람에 곡식 값이 하늘 높은 줄 모르게 치솟았다. 군량미를 조달할 수 없게 되자 양군은 싸움을 중단할 수밖에 없었다.

그 무렵 유비가 서주를 맡을 수밖에 없는 사건이 벌어졌다. 서주의 도겸이 중병에 걸려 회복하지 못한 것이다.

도겸은 죽기 전에 유비를 불러 다시 한 번 부탁했다.

"전에도 말했지만 유공은 한나라 황실의 종친 아니오? 부디 서주 땅을 다스려 주오. 그러면 죽는 마당에 여한이 없겠소이다."

"아닙니다. 왜 약한 말씀을 하십니까? 어서 원기를 회복하셔야죠."

유비는 그때도 도겸의 부탁을 거절했다. 도겸은 결국 서주를 넘기지 못한 채 세상을 떠났다.

그러자 서주의 신하들이 다시 유비에게 간청했다.

"이제 서주를 맡아 주십시오."

"아닙니다. 저는 그런 그릇이 못 됩니다."

도겸이 죽었는데도 서주 인수를 거절하는 유비의 고집스러운 모습에 관우와 장비는 복장이 터질 지경이었다. 그러던 차에 서주 백성들까지 달려와 눈물로 하소연했다.

"유공께서 우리 서주를 지켜 주소서!"

"우리 민초들을 굽어살피소서!"

"조조에게서 우리를 지켜 주소서!"

백성들이 길거리에 나와 울며불며 간청했다. 유비도 더는 고집을 부릴 수가 없었다.

"모두의 뜻이 그렇다면 부족한 내가 잠시 서주를 위해 봉사하겠소."

유비는 도겸이 죽기 전에 작성한, 조정에 올리는 문서인 유표(遺表)를 조정에 올렸다. 자신의 뒤를 이어 유비에게 서주를 다스리게 해 달라는 내용이었다. 유표가 올라오면 조정에서는 대개 죽은 자가 원하는 대로 하도록 허락했다. 당시 제후들은 자기 멋대로 왕 노릇을 하던 시절이라, 조정에서 새 관리를 임명해 내려보낸다 해도 그가 그 자리를 차지할 수 없는 경우가 허다했기 때문이다.

유비가 서주 태수가 되었다는 소식을 듣고 분통을 터뜨리며 이를 간 사람이 있었다. 바로 조조였다. 조조는 자신의 근거지에 쳐들어온 여포를 맞아 사력을 다해 싸운 직후 그 소식을 알게 되었다.

"뭐라? 내 부친을 죽인 원수가 편안하게 침상에서 죽은 것도 모자라 유비라는 놈이 서주를 차지했다고? 그것도 화살 한 번 안 쏘고? 내 지금 당장 유비를 처단한 뒤 무덤에서 도겸의 시체를 꺼내 갈가리 찢어 버릴 것이다!"

"주공, 지금은 때가 아닙니다. 주위를 둘러보십시오. 사방의 제후들이 눈에 불을 켜고 이곳을 노리고 있습니다. 자리를 비울 수 있는 상황이 아닙니다."

모사인 순욱이 말리지 않았다면 조조는 흥분한 상태로 군사를 일으켜 유비와 전쟁을 벌일 뻔했다.

2
대권을 잡은 조조

유비가 서주에서 도겸의 자리를 이어받는 동안 조조는 여포와 치열한 전쟁을 거쳐 마침내 산동 지방을 평정했다. 그리고 나서 조정에 표문을 올려 그런 사실을 알렸다. 조정에서는 권덕장군비정후라는 벼슬까지 내렸다.

이때 조정의 크고 작은 일은 모두 이각과 곽사가 주무르고 있었다. 스스로 대장군과 대사마가 되어 제멋대로 횡포를 부리는 바람에 어느 누구도 나서서 말리지 못했다.

이때 몇몇 뜻있는 신하들이 헌제에게 방책을 일러 주었다.

"폐하, 제후들 가운데 조조만이 최고의 강자가 되었습니다. 그에게 몸을 의탁하시면 사직을 보존할 수 있을 것입니다."

"짐이 두 도적놈에게 당한 수모가 이루 말할 수 없도다. 두 놈만 제거할 수 있다면 무슨 짓이든 못 하겠느냐?"

양표가 한 가지 계책을 냈다.

"신이 듣자하니 곽사의 아내가 시기와 질투가 몹시 심하다 하옵니다. 해서 이각의 아내와 곽사의 아내를 싸우게 만들면 반드시 좋은 기회가 올 것입니다."

"오, 그런가? 그럼 계책대로 해보도록 하라."

황제의 허락을 받은 양표는 자기 아내에게 은밀하게 일러 수를 꾸미게 했다. 남편의 명을 받은 양표의 아내는 곽사의 집을 찾아가 곽사의 아내와 이런저런 수다를 떨다가 맨 나중에 은근히 말했다.

"아시는지 모르겠어요? 곽 장군께서 이각 장군 부인과 은근히 가깝다고 하던데……. 가급적이면 친하게 지내지 않도록 조심하세요."

여자들의 시기와 질투는 무서운 법이었다. 곽사의 아내는 순식간에 눈빛이 사나워졌다.

"어머, 어쩐지 수상하다 했어."

"잘 살펴보고 조심하세요."

"내가 반드시 밝혀내 버르장머리를 고치고 말겠어."

며칠 후, 곽사의 아내는 이각의 초대를 받아 잔치에 참석하러 가는 남편을 붙잡고 말했다.

"요새 이각 장군이 무슨 흉계를 꾸민다는 소문이 돈대요. 지금이야

당신과 함께 나라를 쥐고 흔들지만 언제까지 둘이 같이할 수 있겠어요? 혹시 당신 음식에 독이라도 넣을지 모르니 오늘은 가지 마세요."

"쓸데없는 소리 하지 마오. 우리 두 사람은 피를 나눈 형제보다 더 끈 끈한 사이요."

그런데도 곽사의 아내는 나가려는 남편을 말렸다.

"아니에요! 오늘은 안 가는 게 좋겠어요. 느낌이 안 좋아요. 내 말 들 으세요."

"어허, 그거참!"

아내를 못 이긴 곽사는 결국 그날 잔치에 참석하지 않았다. 그러자 이각이 음식을 보내왔다. 그 음식을 먹으려는 남편을 아내가 서둘러 말 렸다.

"여보, 밖에서 보내온 음식인데 함부로 먹으면 위험해요. 독이 들었는 지도 모르잖아요?"

"부인, 왜 그런 쓸데없는 말을 하오?"

"그럼 음식을 개에게 먼저 먹여 보시지요. 손해 볼 건 없으니까요."

곽사의 아내는 이각이 보낸 음식에 몰래 독을 넣은 후 개에게 먹이도 록 했다. 음식을 먹은 개는 거품을 물고 쓰러졌다. 개가 죽는 것을 직접 눈으로 본 곽사는 깜짝 놀라 뒤로 물러났다. 갑자기 가슴속에서 배신감 이 불꽃처럼 일었다. 아내가 일을 꾸몄으리라고는 눈곱만큼도 생각하지 않았다.

"내 이놈을 절대 가만두지 않겠다."

등골이 오싹해진 곽사에게 해결 방법은 오로지 칼뿐이었다. 곽사는 은밀하게 군사들을 정비해 이각을 칠 준비를 했다. 하지만 아무리 은밀하게 한다 해도 그런 정보가 이각의 귀에 안 들어갈 리 없었다.

"곽사, 네놈이 어찌 그럴 수 있단 말인가? 내가 뭘 잘못했다고? 그렇다고 앉아서 당할 내가 아니지."

이각은 이각대로, 곽사는 곽사대로 각자 군사를 모아 수만 명이 대치했다. 서로 승세를 낙관한 양측 군사들은 기다리고 말고 할 것도 없이 곧바로 맞붙었다. 장안성 밖에서 치고 박고 물고 물리는 대격전이 벌어졌다.

싸움이 일어나자 죽어나는 것은 백성들이었다. 수없이 많은 병사와 양민이 희생되고 노략질이 횡행하면서 나라는 다시 혼란에 빠졌다. 한참을 싸우다 보니 어느 정도 전세가 드러났다. 이각의 군세가 점점 약해지고 곽사의 군세가 조금씩 강해지기 시작했다.

이각과 곽사가 서로 물고 뜯는 동안 궁궐에서 상황을 지켜보던 헌제는 지금이 기회라고 생각했다.

"지금 이 늑대들에게서 벗어나지 못하면 영원히 저들의 노리개가 되고 말 것이야. 이 틈을 타서 도망쳐야 해."

헌제는 신임하는 몇몇 신하와 환관을 앞세우고 낙양을 향해 몰래 길을 나섰다. 동탁의 손때가 묻고 온갖 피비린내가 진동하는 장안에 한시도 더 있고 싶지 않았다.

이각과 곽사 무리가 그런 사실을 알고 각자 황제를 쫓았다. 황제를 끼고 있어야 동탁과 같은 권세를 누릴 수 있을뿐더러 역적이 아니라는 명분을 얻기 때문이다.

"황제를 절대 놓치지 마라!"

군사들은 황제를 쫓으면서 걸리적거리는 백성들을 죽이고 재물을 약탈했다. 황제의 수레로는 아무래도 말 타고 달려오는 병사들을 따돌릴 수 없었다.

"폐하! 수레에서 내리셔서 말을 타야 하옵니다."

다급해진 신하들이 황제라도 먼저 대피시키려 했다. 도망가는 길에도 헌제는 백성들에 대한 가책이 앞섰다.

"만백성을 두고 내가 어디를 간단 말이냐? 눈물이 앞을 가리는구나."

신하들은 황제의 어진 마음에 감동받아 저마다 눈물을 흘렸다.

황제 일행이 황하 강가에서 배를 타려는데 추격군이 점점 더 가까이 다가왔다.

"어서 배에 오르소서!"

황제는 몇 안 되는 측근만 데리고 겨우 배에 올라 강을 건넜다. 뒤이어 차마 눈 뜨고 볼 수 없는 추격군의 살육전이 벌어졌다. 따라온 신하들 태반이 추격군에게 죽임을 당한 것이다. 황제는 다시 한 번 눈물을 흘려야 했다. 허기는 때워야 했지만 환관이 기껏 구해 온 음식은 거친 조밥이라 도저히 목구멍에 넘어가지 않았다. 그런 중에도 쉬지 않고 자신의 고향인 낙양으로 발걸음을 옮겼다.

천신만고 끝에 헌제는 낙양으로 돌아왔다. 동탁이 마음대로 장안으로 도읍을 옮기면서 불태워 버린 폐허의 땅에 다시 돌아온 것이다.

낙양은 옛 모습을 찾아보기 힘들었다. 불탄 자리에 온통 잡초만 무성했고 남은 것은 무너진 담장뿐이었다. 신하들이 팔을 걷어붙이고 나서서 엉성하게나마 황제의 거처를 지었다. 그런 뒤 가시덤불에서 예를 올리며 눈물을 흘렸다. 그래도 이각과 곽사로부터 도망쳐 나왔다고 연호까지 고쳤다. 건안 원년, 서기 196년이었다.

설상가상으로 하늘도 무심하게 그해에 지독한 흉년이 들었다. 성안에 먹을 것이 없어 성 밖으로 나가 풀뿌리로 연명해야 했고, 굶주림으로 백성들이 죽고 쓰러지기 일쑤였다. 유사 이래 이렇게 참담한 시절은 없었다.

그때 태위 양표가 헌제에게 아뢰었다. 물에 빠진 이가 지푸라기라도 잡는 심정이었다.

"폐하, 살길은 하나뿐입니다. 힘 있는 신하에게 도움을 청하는 길밖에 없습니다."

"누구에게 도움을 청하라는 게냐?"

"조조에게 조서를 내리십시오. 조조는 산동에 있는데 휘하에 장수도 많고 군사도 많습니다. 이곳으로 불러들여 왕실을 보호케 하소서."

헌제도 달리 방도가 없었다. 조조가 돌아오면 새로운 동탁이 될 듯해 꺼림칙했지만 이대로는 버틸 수가 없었다.

"조서를 보내 조조를 낙양에 들도록 하라."

산동에 있던 조조는 황제가 낙양으로 돌아왔다는 사실을 이미 알고 있었다. 눈치 빠른 조조가 대비에 나섰다.

"자, 황제가 이각과 곽사의 소굴에서 빠져나왔다. 이 소식이 제후들에게 퍼져 나갔을 터인데 우리가 어찌하면 되겠느냐?"

조조의 책사 순욱이 나섰다.

조조

무엇보다 조조의 뛰어남은 부하
들을 장악하는 리더십에 있어. 냉
정하고 이성적이며 능력 있는 사
람은 신분을 가리지 않고 선발했
지. 한 가지만 잘해도 뽑아 쓰는
데 그 사람이 적이었건 악연이
있었건 가리지 않았어. 기녀였던
변씨를 능력을 인정해 아내로 삼
을 정도였으니까. 그는 또한 난세
의 간웅답게 임기응변의 대가이
면서 심리전에도 능했어. 천하통
일 직전에 죽었지만 한나라의 중
심지였던 북중국을 장악했는데,
이는 당시 중국 인구와 재화의
약 7할에 해당해. 그렇기에 오와
촉은 국력을 합해도 상대가 안
되었던 거야.

"역사를 보면 지혜를 얻을 수 있습니다. 문공†은 정변으로 쫓겨난 양왕을 복위시켜 받들어 모심으로써 제후들의 우두머리가 될 수 있었습니다. 지금 황제께서 큰 어려움에 처해 계십니다. 주공께서 의병을 일으켜 황제를 보호하고 돕는다면 훗날 많은 이들이 황제를 도운 영웅으로 떠받들 것입니다. 서두르셔야 합니다."

조조가 마음의 준비를 하고 있을 때 황제의 조서가 도착했다. 호랑이 등에 날개를 단 격이었다. 조조는 마침내 명분까지 얻었다.

"우하하하, 하늘이 나를 돕는구나. 이제 관군으로 출병하게 되었다. 자, 황제를 보호하러 가자!"

이때 낙양에서 힘들고 답답한 나날을 보내던 헌제에게는 지옥이 따로 없었다. 사방이 폐허에다 제대로 된 궁이나 궐이 없는 처지여서 정사를 돌볼 수조차 없었다. 게다가 이각과 곽사가 언제 쳐들어올지 몰라 두려운 마음이 가시지 않았다.

"역적 이각과 곽사보다 조조가 먼저 와야 할 텐데."

헌제가 걱정이 앞서자 보다 못한 신하들이

† 문공이 살았을 때 제후국들이 종주국으로 모시던 주나라에서 정변이 일어났어. 주 양왕이 동생인 왕자 대(帶)에게 쫓겨나 정나라로 피신하게 되었지. 이때 진 문공이 개입하여 왕자 대를 토벌하고 주 양왕을 복위시켜 주었어. 주 양왕은 공로를 치하해 하내와 양번 땅을 주었고, 진 문공은 천자를 보위해 기세를 떨치게 되지.

말했다.

"저희가 목숨 걸고 폐하의 옥체를 보존하겠나이다. 하지만 이곳은 성곽도 부실하고 군사도 많지 않습니다."

"맞습니다. 이각과 곽사가 쳐들어오면 지키기 어렵습니다. 차라리 낙양으로 오는 조조에게 한 발이라도 더 다가가시는 게 어떠신지요?"

신하들의 말에 따라 헌제는 동쪽을 향해 길을 나섰다. 문무백관들은 타고 갈 말이 없어서 모두 걸어갔다. 낙양을 떠나 얼마쯤 가다 보니 앞쪽에서 흙먼지가 일고 북소리가 하늘을 울렸다. 헌제는 이각과 곽사의 군대가 오는 줄 알고 두려움에 떨었다.

'아, 여기서 승냥이들의 먹이가 되고 마는 건가?'

한 떼의 군마가 가까이 다가왔다. 놀랍게도 그들은 조조의 선발대였다. 선발대 대장 하후돈이 말에서 내려 황제에게 예를 갖추었다.

"태수께서 폐하의 부르심을 받고 이리 오고 있습니다. 조금 있으면 십만 군사가 폐하를 지켜 드릴 것이옵니다. 이각과 곽사 따위가 오더라도 아무 걱정 마십시오."

그때 이각과 곽사의 추격대가 오고 있다는 보고가 들어왔다.

"이각과 곽사의 군대가 멀지 않은 곳에서 쫓아오고 있습니다!"

헌제는 두려움에 떨었다.

"이걸 어찌하면 좋단 말인가?"

"크게 심려치 마시옵소서. 제가 상대하겠습니다."

하후돈이 앞장서서 반란군을 맞아 싸우기로 했다. 이미 황제를 보호하고 있는 하후돈의 군대는 관군이, 이각과 곽사의 군대는 하루아침에 반란군이 되었다. 황제를 호위하느냐 그렇지 않으냐에 따라 군의 지위가 달랐던 것이다. 멀리서 달려오던 이각과 곽사의 군대는 설마 조조 군의 반격을 받으리라고는 전혀 예상치 못했다. 미처 싸울 준비도 못 하고 방심한 채 장거리를 달려오느라 지친 상태에서 하후돈의 공격을 받으니 싸움이 제대로 이루어질 리 없었다. 이각과 곽사가 끌고 온 반란군은 만여 명이나 목이 달아나는 참패를 당했다. 조조 군의 압승이었다.

"우아, 이겼다! 황제 폐하, 만세!"

군사들은 신나게 전리품을 챙겼다. 헌제는 비로소 안심하고 다시 낙양으로 돌아가 옛 궁터에 자리를 잡았다.

며칠 뒤, 조조가 드디어 낙양에 도착했다. 조조는 군사들을 성 밖에 두고 성안으로 들어가 황제에게 엎드려 절을 했다.

"조조, 문안드립니다."

헌제는 친히 내려와 조조를 일으켜 세웠다.

"먼 길 오느라 얼마나 고생이 많았소?"

조조는 눈물을 흘렸다.

"궁을 떠난 이후 한시도 편히 잠들지 못하고 어찌하면 나라의 은혜에 보답할까 궁리했습니다. 이제 이각과 곽사 무리를 무찔러 은혜를 갚겠습니다. 신에게 이십만의 군사가 있으니 반드시 반란군을 무찔러 이 땅에 발도 못 붙이게 하겠습니다. 폐하께서는 옥체를 보존하시고 아무 걱정 마시옵소서."

헌제는 조조를 사예교위에 봉하고, 녹상서사를 겸임하게 했다.

이때 이각과 곽사가 피로가 풀리지 않은 조조의 군대를 기습 공격했다. 하지만 조조 군은 실전으로 단련된 정예병들이라 도무지 그 기세를 꺾을 수가 없었다. 싸움이 벌어지자 이각과 곽사의 군사들은 몇 차례 공격해 보지도 못하고 쓰러지거나 흩어져 도망갔다. 쓰러진 반란군의 시체가 들판을 덮고 핏물이 내를 이루었다. 간신히 목숨을 건진 이각과 곽사는 자취를 감추었다. 이제 황제를 보호하는 장군의 지위를 차지한 조조에 맞설 상대는 어디에도 보이지 않았다.

그런 조조에게 걸리는 것이 있었다. 바로 도읍이었다. 낙양은 자신의 뜻에 맞는 도읍지가 아니었다. 동탁이 장안을 자신의 근거지로 삼았듯이 조조는 자신의 근거지에서 세력을 떨치고 싶었다. 눈치 빠른 신하들이 그 마음을 읽고 황제에게 아뢰었다.

"폐하, 우주의 운행에는 변화가 있고 기운이라는 것은 늘 한곳에서 다른 곳으로 옮겨 가는 것이옵니다."

그 말은 도읍을 옮기라는 뜻이었다.

조조 역시 아무리 생각해도 그 길밖에 없다고 여겼다. 황제를 안전한 곳으로 모셔 가 훗날을 도모하는 것이 패업을 이루는 길이라고 말이다. 조조는 결단을 내리고 황제에게 말했다.

"폐하, 감히 아뢰옵니다. 지금 이곳 낙양은 너무 황폐하여 다시 세우기 어렵습니다. 게다가 양식을 운반하기도, 군사를 불러오기도 힘듭니다. 폐하께서 곤궁하신 모습을 보니 눈물이 앞을 가립니다."

"그러니 어찌하면 좋겠소?"

헌제가 힘없이 물었다.

"허도로 가심이 어떨까 하옵니다. 그곳에는 성곽과 궁실도 있고 양식과 물자가 풍부합니다. 도읍을 허도로 옮기실 것을 간절히 청하옵니다.”

누구 뜻인데 거절할 것인가? 헌제는 거절할 수가 없었다. 신하들 역시 어느 누구도 조조의 뜻을 거스르려 하지 않았다.

“그렇게 하시오.”

황제의 윤허가 떨어지자, 조조는 어가를 호위하여 문무백관과 함께 허도로 발걸음을 옮겼다.

허도에 도착한 조조는 대대적으로 궁궐과 전각을 짓고 관아를 세우고 성곽과 창고를 축조해 번듯한 도읍지로 만들었다. 또 스스로 대장군이라 칭하고 부하들에게 공로에 따라 상과 벌을 내렸다. 공이 있는 수하 장수들은 땅을 나눠 주고 벼슬을 높여 주었다. 일인지하 만인지상의 권세를 휘두른 것이다. 조조 밑에서 야망을 품었던 문신과 무신들은 비로

소 저마다 조정의 관직을 한자리씩 차지했다. 상황이 이쯤 되자, 나라에 일이 생기면 조조에게 먼저 보고한 뒤 황제에게 아뢰는 지경이 되었다. 대권이 조조의 손안에 들어온 것이다.

대권을 쥔 조조는 이리저리 주변 정세를 살폈다. 그중 유비는 눈엣가시 같은 존재였다.

"들자하니 귀 큰 놈 유비가 서주에 군대를 주둔시키고 힘을 기르고 있다고 하는구나. 게다가 여포가 그곳에 몸을 의탁하고 있다니, 두 놈이 짜고 덤비면 내게 좋을 일이 없도다. 그놈들을 없애 버릴 좋은 방법이 없겠는가?"

조조의 수하 장수 중에서도 용맹하기로 소문난 허저가 나섰다.

"군사를 주시면 제가 당장 그놈들 목을 잘라 오겠습니다."

듣고 있던 순욱이 타이르듯 말했다.

"이런 일은 용맹만으로 되는 것이 아닙니다. 계책을 써야 합니다."

순욱이 생각해 둔 계책을 조조에게 말했고, 조조는 고개를 끄덕였다. 대권과 함께 막강한 군사를 거느린 조조에게 미운털이 박혔으니, 유비의 운명은 바람 앞의 등불 같은 신세가 되었다.

3
여
포
와
유
비
의
뒤
바
뀐
신
세

시간을 거슬러 올라가 보자. 조조가 서주를 포위했을 때 위기에 빠진
유비를 구한 것은 결과적으로 여포였다. 자신의 근거지인 연주를 비운
틈에 여포가 쳐들어왔다는 소식을 접하고 조조는 황급히 군사를 물렸
다. 여포가 이런 약삭빠른 전술을 펼칠 수 있었던 데는 사실 책사의 도
움이 컸다. 그 책사가 다름 아닌 진궁†이다. 서주성에서 조조를 설득하
러 갔다가 실패해 홀연히 사라졌던 진궁은 여기저기 흘러 다니다 여포
를 만나 군사를 일으키도록 조언한 것이다.

"여 장군, 조조가 아비의 원수를 갚겠다고 도겸을 잡으러 군사를 이끌고 서주로 갔답니다. 지금 조조가 자리를 비운 연주를 공격하십시오. 연주를 손에 넣기는 누워서 떡 먹기 아니겠습니까?"

"오, 그렇군. 내 당장 군사들을 몰고 가겠소!"

미처 거기까지 생각 못 했던 여포는 바람처럼 군사를 일으켜 처음에는 무인지경을 누비듯 성들을 함락시켰다. 하지만 시간이 지나 조조가 돌아오고 그와 맞붙은 여러 차례의 싸움에서 패해 점차 수세에 몰렸다. 군사력이나 전투력, 참모와 장수들의 능력 면에서 여포는 조조의 상대가 되지 못했다. 결국 싸움에서 패한 여포는 바닷가까지 밀려가 겨우 군사들을 정비한 뒤 다시 조조와 대결하리라 마음먹었다.

그때 진궁이 여포에게 말했다.

"장군, 지금은 때가 아닙니다."

조조를 이 세상 누구보다 잘 아는 진궁이었다.

"무슨 때가 아니란 말인가? 내게 다시 힘이 생길 것이오."

여포의 용력이 크고 넓다 보니 한몫을 챙기려는 어중이떠중이가 수시로 그의 밑으로 몰려들었다. 그렇기에 여포는 그들의 말만 듣고 자신만만했다.

"전열을 가다듬은 조조를 치는 건 계란으로 바위를 치는 격입니다. 일단 장군의 몸부터 안전하게 의탁할 곳을 찾아야 합니다."

"누구에게 내 몸을 의탁한단 말인가?"

"원소에게 가서 부탁하시는 게 어떨지요."

여포 또한 원소에게 몸을 맡기는 게 좋겠다는 생각이 들었다. 그래서 사람을 보내 원소의 의중을 떠보았다. 하지만 원소가 한때 적이었던 여포를 받아들일 리 없었다. 원소의 수하 장수들은 하나같이 반대했다.

"여포는 배반을 밥 먹듯 하는 자입니다. 그자를 도와주었다간 언제 칼날을 주인에게 돌릴지 모릅니다."

"차라리 이참에 조조를 도와 여포를 제거해 버리는 편이 더 낫겠습니다."

귀가 얇은 원소는 부하들의 말에 고개를 끄덕였다.

원소가 조조에게 군사를 보내 여포를 제거하려 한다는 소문을 들은 진궁이 다급하게 말했다.

"안 되겠습니다. 기주 쪽에서 들리는 소문이 좋지 않습니다."

"원소, 그놈이 나를 거부하는군. 어쩌면 좋겠는가?"

"듣자하니 유비가 서주를 맡아 다스린다고 합니다. 유비에게 의탁하시는 건 어떻습니까?"

"그래? 유비라면 나를 받아 줄지도 모르겠군."

여포는 당장 군사를 이끌고 한걸음에 서주

여기서 잠깐!!

정사에 따르면 진궁이 조조를 잡았다 풀어 준 것은 사실이 아니라고 해. 진궁은 황건군의 난이 일어나자 조조 수하로 들어갔고, 연주 자사 유대가 황건군에게 살해되는 것을 보고 조조에게 연락해 곧장 연주를 차지하라고 조언까지 했어. 그런데 무슨 까닭에선지 194년에 조조 곁을 떠났어. 아마도 조조의 간웅의 면모를 보고 실망한 듯해. 나관중은 이런 진궁의 배역을 픽션으로 엮어 비운의 책사로 묘사한 거지.

로 달려갔다.

여포가 온다는 소문은 말보다 빨리 유비에게 도착했다. 유비가 휘하 장수들을 불러 놓고 말했다.

"여포는 무예가 뛰어난 용장이오. 그가 이곳으로 온다니 나가서 기쁜 마음으로 맞읍시다."

미축이 반대하고 나섰다.

"그건 안 됩니다. 호랑이 같은 여포를 들이면 큰일이 날지도 모릅니다. 받아들여서는 안 됩니다."

"조조가 서주를 치러 왔을 때 여포가 연주를 습격하지 않았다면 서주성이 어찌 됐을지는 불을 보듯 뻔했을 거요. 다급한 상황에서 우리가 도움을 받았는데, 어찌 곤경에 빠진 그를 모른 척할 수 있겠소? 여포도 사람의 탈을 썼으니 다른 마음을 먹지는 않겠지."

관우와 장비는 마뜩치 않은 얼굴이었다. 특히 장비는 여포 얘기만 나와도 비위가 상하는 듯했다.

"형님, 그자가 허튼 수작을 하면 내 죽여 버리겠소."

유비가 타이르듯 말했다.

"동생은 그 성질 좀 누그러뜨리도록 해라."

어쨌든 유비의 뜻에 따라 유비 자신을 포함한 일행이 멀리까지 마중 나가 여포를 맞아들였다. 여포는 유비가 환대를 하자 불쑥 오만한 마음이 치솟았다.

"내가 역적 동탁을 해치우는 큰 공을 세웠는데 어느 제후 하나 나를 받아 주지 않았소. 어디 몸 편히 누일 곳도 없이 떠돌 때 조조가 서주를 괴롭힌다는 말을 듣고 내가 연주 땅을 쳐서 조조의 뒤통수를 제대로 후려치지 않았겠소? 으하하하! 그런데 지금은 오히려 그자의 간계에 말려 처량한 신세가 되었소이다. 유공께서 나를 따뜻하게 받아 주니 앞으로 함께 큰일을 해보도록 합시다."

유비가 맞장구를 쳤다.

"하하, 지당하신 말씀입니다. 그렇잖아도 도겸 태수께서 돌아가신 뒤 서주를 맡아 다스릴 사람이 없어 내가 임시로 맡고 있었습니다. 이제 장군께서 이곳에 오셨으니 이 서주를 내어 드리겠습니다. 부디 사양 말고 맡아 주십시오."

유비가 인수를 꺼내 정중하게 내밀자, 여포가 '이게 웬 떡이냐!' 싶게 덥석 잡으려 했다.

"이렇게 고마운 일이 있소! 역시 유공은 의리를 아는 사람이오."

그 순간 여포는 유비 등 뒤에서 노려보는 관우와 장비의 핏발 서린 눈을 보고 멈칫했다. 인수를 받았다간 그 자리에서 목이 날아갈 것 같은 기분이 들었다. 여포가 헛기침을 하며 한발 물러났다.

"에헴, 아니오. 나는 전장에서나 쓸모 있는 무장일 뿐이오. 어찌 내가 서주를 다스리겠소?"

"아닙니다. 서주를 맡아 주십시오."

유비가 재차 권했지만 여포는 거듭 사절했다. 진궁이 정황을 판단하고 말했다.

"신세 지러 왔는데 그건 옳지 않습니다. 저희를 못 믿어 이러시나 본

데, 저희는 유공의 뜻을 거스를 마음이 조금도 없습니다."

그 말을 듣고 유비는 더 권하지 않고 잔치를 베풀어 후하게 대접했다. 술이 여러 순배 돌고 모두 흥겹게 취기가 돌았다.

이윽고 자리를 끝내고 여포가 숙소로 들어가려는 순간, 기회를 노리던 장비가 장팔사모를 들고 달려와 소리쳤다.

"네 이놈, 여포야! 네놈의 목을 쳐 버리겠다! 전에 겨루지 못한 승부를 내자!"

유비가 황급히 관우를 내보냈다.

"빨리 말려라!"

관우가 말리지 않았다면 여포는 목이 날아갔을 것이다.

혼비백산한 여포는 하룻밤을 자고 난 뒤 유비를 찾아왔다.

"공께서 나를 거두셨지만 호랑이 같은 아우들이 나를 원치 않으니 나는 이만 떠나겠소."

유비가 손을 들어 황급히 만류했다.

"아닙니다. 장군께서 떠나시다니요? 내 아우들이 무례를 저질렀소이다. 꼭 사과하도록 하겠습니다."

"아니오, 여기서는 불안해서 못 견딜 듯싶소."

"굳이 이곳이 불편하다면 멀지 않은 곳에 소패라는 고을이 있습니다. 소패성을 내어 드릴 테니 그곳에 머무르십시오. 하나라도 불편한 점이 있으면 보살펴 드리겠습니다."

여포는 의탁할 곳이 없어 걱정하던 터에 잠시라도 머물 곳이 생겨 기쁜 마음으로 예를 갖추며 말했다.

"이렇게까지 배려해 주셔서 감사할 뿐입니다."

여포가 군사를 이끌고 황급히 소패로 떠났다. 이때부터 여포는 유비의 신세를 지는 입장이라 두 사람 사이에 아무 문제가 없었다. 그런 소문을 들은 조조는 속이 뒤틀렸다. 마땅치 않은 두 사람이 아무 분란 없이 잘 지내고 있으니 비위가 상한 것이다.

조조의 마음을 알아챈 순욱이 간계를 냈다.

"유비가 지금 서주를 다스리고 있지만 황제께서 정식으로 임명한 것이 아닙니다. 그러니 이참에 황제께 말씀드려 서주목으로 임명하고 밀서를 함께 보내십시오."

"뭐라고 보내나?"

"여포를 없애라는 것이지요. 그렇게 해서 여포를 없애게 되면 주공께서 바라던 일이 아주 간단히 이루어지는 것이고, 만일 죽이지 않는다면 여포가 오히려 유비를 죽이지 않겠습니까? 힘들이지 않고 저들끼리 싸우게 만드는 것입니다."

"오호라, 그거 좋은 생각이로다."

이런 책략은 조조가 황제를 끼고 있었기에 가능한 일이었다. 조조는 순욱의 말대로 일을 진행했다.

서주에 있던 유비는 황제가 허도로 도읍을 옮겼다는 말을 듣고 축하의 표문을 올리려던 참에 황제의 칙서를 먼저 받았다. 서주 목사로 임명한다는 교서였다. 유비는 예를 갖춰 칙서를 받은 뒤 잔치를 베풀었다. 그 자리에서 칙사가 은밀하게 밀서를 전했다.

"황제의 명을 받아 목사가 되신 것은 조 승상이 유공을 도와드렸기에 가능한 일이었습니다. 잘 생각하시고 이 밀서를 읽어 보십시오."

유비가 의아해하며 밀서를 펼쳐 읽었다. 밀서에는 여포를 없애 버리라는 조조의 의중이 담겨 있었다. 칙사를 역관으로 보내 휴식을 취하게한 뒤 유비가 동생들을 불러 이 문제를 의논했다.

"조정에서 여포를 없애라고 한다. 어찌하면 좋겠느냐?"

"형님, 이거야말로 도랑 치고 가재 잡고, 꿩 먹고 알 먹는 격 아니겠소? 당장 없애 버립시다."

우직한 장비였다. 유비는 생각이 달랐다.

"내가 서주 목사까지 맡아 출세하게 된 것은 의리를 지키고 곤궁한자를 버리지 않았기 때문이다. 서주 목사가 내게 도움을 청했을 때 나는조조와 원한 관계가 없는데도 의리를 지키려 군사를 일으켰다. 그런데곤궁해 나를 찾아온 여포를 아무런 문제가 없는데 죽인다면 사람들이무어라 하겠느냐?"

유비는 밀서 건을 보류해 두기로 했다.

이튿날 아무것도 모르는 여포가 찾아와 축하 인사를 건넸다.

"황제의 명을 받아 정식 목사가 되셨다고요. 축하드리러 왔소이다."

유비가 인사를 받는데 장비가 대뜸 칼을 뽑아 들고 달려들었다.

"이놈, 잘 만났다!"

여포는 장비만 보면 경기를 일으킬 지경이었다.

"어찌하여 자네는 날 보기만 하면 죽이려 드는가?"

장비가 다혈질인 성질 그대로 고래고래 소리를 질렀다.

"조조가 널 죽이라 했다!"

"장비야, 왜 이러느냐? 당장 물러가라!"

유비의 꾸지람에 장비가 씩씩거리며 물러났다.

여포는 이게 무슨 말인가 싶어 뜨악한 얼굴이 되었다.

"아우가 한 말이 무슨 뜻입니까?"

여포를 밀실로 데려간 유비가 조조의 밀서를 보여주었다.

"이런 밀서를 받았소이다. 공을 없애라는 명령이지요."

여포는 얼굴이 굳어졌다.

"유공의 뜻대로 하십시오. 저를 죽이시든 말든. 하지만 이건 아셔야 합니다. 저를 죽이면 조조가 원하는 대로 되는 것입니다. 우리 둘 사이를 갈라놓으려는 간교가 아닙니까?"

"나도 알고 있습니다. 걱정하지 마십시오. 나는 의리에 벗어나는 일은 하지 않습니다."

여포는 죽었다 살아난 기분으로 고개를 저으며 소패성으로 돌아갔다. 관우와 장비가 뒤늦게 들어와 물었다.

"왜 살려 보내셨습니까? 여포를 없애면 후환도 없고 조조와도 사이가 다시 좋아질 수 있는데."

"이건 누가 봐도 여포와 나를 이간질하려는 술책 아니냐? 이익은 조조가 보는데 왜 내가 그들 원하는 대로 움직이느냐?"

관우는 말귀를 알아들었으나 장비는 본능적으로 여포가 싫었다.

"그런 놈은 죽여야 후환이 없단 말입니다."

유비는 그런 장비를 만류했다.

유비가 여포를 죽이지 않았다는 사실은 조조도 곧 알게 되었다. 그러자 이번에는 순욱이 다른 꾀를 냈다.

"그럴 줄 알았습니다. 혹시나 유비가 여포를 없애지 않나 했는데, 그대로 되지 않는군요."

"미리 예상했단 말이지? 다른 대비책이 있느냐?"

"이제는 유비와 원술을 이간질해야 합니다."

"어떻게 이간질한단 말이냐?"

"원술에게 사람을 보내십시오. 유비가 비밀리에 회남 땅을 치려 한다고 하면 원술이 반드시 군사를 일으킬 것입니다. 그때 유비에게 조서를 내려 원술을 치라고 하면 됩니다. 유비와 원술이 싸우면 여포는 분명히 가만있지 않을 것입니다."

"옳거니, 여포가 유비의 등을 치겠지?"

"맞습니다. 그러면 유비와 여포가 싸우다 하나가 죽을 것입니다."

조조는 흡족해하며 순욱의 계교대로 일을 진행했다. 원술에게 사람을 보내고 유비에게도 사람을 보냈다.

유비는 황제의 명을 받자 군사를 일으킬 준비를 했다. 황제의 칙사를 돌려보내자 미축이 말했다.

"아시겠지만 이것은 조조의 계략입니다."

"나도 알고 있네."

"속아선 안 됩니다."

"그렇더라도 황제의 명을 거역할 수는 없는 일이야. 당장 군사를 일으켜야겠다."

아무리 힘없는 황제지만 명을 거역하면 그것은 곧 반역이 된다. 군사를 일으키기로 마음먹자 한 가지 숙제가 생겼다. 남아서 서주를 지킬 사람이 필요해진 것이다.

"누가 남아 성을 지킬 것인가?"

관우가 나섰다.

"제가 지키겠습니다. 형님, 다녀오십시오."

관우는 병법을 제법 공부한 학식 있는 장수였다.

"자네 없이 내가 누구와 의논한단 말인가? 나와 떨어질 수 없네."

그러자 장비가 나섰다.

"그럼 내가 지키겠소."

유비가 고개를 저었다.

"아니, 형님! 왜 안 된단 말입니까?"

"네 성질을 네가 알지 않느냐? 너는 술만 취하면 성질부리고 군사들을 함부로 때리지 않느냐?"

"안 그러겠습니다. 맹세합니다."

"또한 너는 진중하지 못해서 행동이 가볍고 남의 말을 안 들으니, 네게 성을 맡기고 갈 순 없다."

"형님, 내가 군사들도 안 때리고 술도 안 먹고 주위 사람의 충고를 잘 따르겠습니다."

"그래도 마음이 놓이지 않는구나."

장비는 이때야말로 공을 세울 기회로 여겨 찰거머리처럼 달라붙었다.

"형님, 내가 약속을 안 지킨 적이 있습니까? 반드시, 꼭, 정말 잘 지키겠습니다."

결국 유비는 진등[†]에게 장비를 부탁했다.

"자네가 곁에서 아우를 잘 보필해 주게."

신신당부한 유비는 군사를 거느리고 서주를 떠나 남쪽으로 향했다.

그 무렵 원술은 유비가 자신을 치러 온다는 말을 듣고 격분했다.

"뭐라? 돗자리나 짜던 촌놈이 나에게 도전을 한다는 게냐? 벼락출세하더니 눈에 뵈는 게 없는 모양이구나."

원술은 휘하 장수 기령에게 십만 대군을 주어 유비의 군대를 막게 했다. 얼마 안 가 유비 군과 기령의 군사가 우이에서 마주쳤다. 양군이 진을 친 가운데 기령이 창끝이 세 갈래로 갈라진 삼첨도를 들고 나와 큰소리로 유비를 모욕했다.

"돗자리나 짜던 촌놈이 남의 땅에 뭐 하러 왔느냐?"

"황제의 명을 받들어 역신을 처단하러 왔다. 명을 거역한 너는 죽어마땅하도다!"

기령이 창을 휘두르며 달려 나오자 관우가 외쳤다.

"내가 상대하마!"

청룡언월도를 든 관우와 삼첨도를 든 기령이 수십 합을 겨루었다. 그러나 둘의 실력이 비등해 승부가 나지 않았다.

기령이 숨을 몰아쉬며 말했다.

"제법 싸울 줄 아는 장수로다. 잠시 쉬었다 싸우자."

두 장수는 진지로 돌아가 잠깐 휴식을 취했다. 조금 뒤 관우가 다시 싸우러 나가자 원술 진영에서 기령의 부하 장수 순정이 나왔다.

"기령을 나오라 해라. 그자와 자웅을 마저 겨루겠다!"

관우가 점잖게 말했다.

"어디서 이름도 없는 촌놈이 나대느냐? 네 놈은 기 장군의 상대가 아니다."

그 말을 듣는 순간 관우의 눈에서 불똥이 튀었다.

"하룻강아지가 범 무서운 줄 모르는구나!"

화가 난 관우가 언월도를 휘둘러 단칼에 순정을 베어 버렸다. 기세를 몰아 유비의 군사들이 적진으로 치고 들어갔다. 서주 병사들은 유비의 일사불란한 지휘 아래 몇 차례 작은 승리를 거뒀다. 하지만 전세는 한쪽으로 크게 기울지 않은 채 며칠 동안 대치가 계속되었다.

문제는 걱정했던 장비에게서 일어났다. 서주를 지키게 된 장비는 모든 업무를 진등에게 맡기고 자신은 군사적인 업무만 처리하면서 주어진 임무를 수행해 나갔다. 장비가 긴장한 채 기강을 잡자 얼마 안 가 신하들과 부하들이 피로한 기색을 보였다.

진등은 도겸의 부하였는데 유비가 서주를 다스리게 되면서 유비 밑에 있었어. 그러다 여포가 서주를 차지하자 조조에게 가서 여포를 제거하도록 권하지. 정사에 따르면 진등은 조조가 여포를 공격할 때 광릉군의 군사를 인솔해 가장 먼저 하비를 포위했다고 해. 《삼국지연의》에 나오는 진등의 계책은 소설적 허구야.

"아이고, 며칠째 집에도 못 들어갔어."

"장비 장군이 얼마나 무서운지 오금이 저리는걸."

병사들이 구시렁대는 걸 알고 하루는 장비가 잔치를 벌였다. 한 번쯤 긴장을 풀어 줘야겠다고 생각한 것이다.

장비가 관리와 부하들을 앉혀 놓고 말했다.

"그동안 공무에 수고들 많았다. 오늘은 술과 음식을 잔뜩 마련했으니 긴장 풀고 마음껏 먹도록 해라. 내일부터 다시 열심히 맡은 일을 하면 된다. 자, 오늘은 마음껏 마시자!"

말을 마친 장비가 술잔을 들어 관리들에게 한 잔씩 돌렸다. 그러다 조표†라는 신하 앞에 이르렀는데, 조표가 손을 들어 술잔을 사양했다.

"저는 원래 술을 못 먹습니다."

"뭐라고?"

장비가 눈을 부라렸다.

"이런 못난 놈! 내 잔을 안 받고 네가 살아남을 것 같으냐?"

겁이 난 조표는 억지로 술 한 잔을 마셨다. 기분이 좋아진 장비는 얼마 동안 못 마신 술을 지금 이 순간에 다 마시려는 듯 더 큰 잔에 술을 따라 벌컥벌컥 들이켰다. 어느새 한참 취기가 오른 장비가 다시 한 번 신하들에게 술잔을 돌렸고, 다시 조표에게 술잔이 돌아왔다.

"소인은 정말 술을 못 먹습니다."

"아까는 받아 처먹더니 이번엔 왜 못 먹는다는 게냐? 당장 이자를 끌고 가서 곤장 백 대를 쳐라!"

군사들이 조표를 끌고 가려 하자 진등이 말렸다.

"유 목사께서 돌아오시면 어쩌려고 이러십니까?"

"이보시게, 내 일은 내가 알아서 하니까 간섭하지 마라고!"

그때 조표가 다시 간청했다.

"내 사위를 봐서라도 나를 좀 용서해 주시오. 나는 술을 정말 못 먹겠소."

그 말을 듣고 장비가 물었다.

"네 사위가 누구냐?"

"여포입니다."

그 순간 게슴츠레하던 장비의 눈이 휘둥그레졌다.

"뭐야? 내가 사실 너를 때릴 마음이 없었는데 안 되겠다. 네 사위 여포를 내세우면 내가 무서워서 봐줄 줄 알았느냐? 이놈, 내가 직접 때려 주마!"

장비는 매를 들고 조표를 죽지 않을 만큼 후려 팼다. 관리들이 나서서 뜯어말리지 않았으면 밤새 매질을 계속했을 것이다.

매를 맞고 초주검이 되어 집에 돌아온 조표는 억울해서 견딜 수가 없었다.

"장비, 내 이놈을 가만두지 않겠다."

정사에 따르면 조표가 여포의 장인이라는 내용은 없어. 아마도 나관중이 좀 더 긴박감 넘치는 재미를 부여하려 그렇게 설정한 것 같아. 정사에 따르면 조표는 하비성에 있을 때 장비와 다투다 살해된 것으로 나와. 사건 전개에 필수적인 인물로 그럴듯하게 꾸며 낸 작가의 능력이 탁월하지.

조표는 급히 편지를 써서 여포에게 보냈다.

오늘 장비가 술에 취했으니 군사를 끌고 와 서주를 차지하게. 이 기회를 놓치면 안 되네.

밤늦게 편지를 받은 여포는 진궁을 불러 물었다.

"이를 어찌하면 좋겠는가?"

진궁이 잠깐 생각하더니 밝은 얼굴로 말했다.

"장군이 머무르기에 소패는 너무 작습니다. 마침내 기회가 왔습니다. 이 기회를 놓치면 안 됩니다. 서주를 차지하십시오!"

인륜, 도덕, 의리는 땅에 떨어진 지 오래인 시대였다.

소패와 서주는 사오십 리 거리를 두고 떨어져 있었다. 여포가 군사를 끌고 달려가자 기다리던 조표가 성문을 열었다. 여포의 신호로 군사 오백 명이 일제히 서주성 안으로 들이닥쳤다. 조용하던 성에 갑자기 함성이 울리고 난리가 난 듯 시끄러운 소리가 밤공기를 갈랐다.

술에 곯아떨어진 장비는 부하 장수가 흔들어 깨우는 바람에 잠에서 깨어났다.

"장군, 큰일 났습니다! 여포가 쳐들어왔습니다!"

"뭐, 뭐라고? 여포 놈이 왜?"

비몽사몽간에 장팔사모를 들고 말에 오른 장비는 얼마 안 가 여포와 맞닥뜨렸다.

"네놈이 어째서 여길…… 은혜를 원수로 갚는 놈……!"

장비가 장팔사모를 휘둘렀지만 술이 덜 깬 여포를 제대로 공략할 수가 없었다.

"장군, 피신하셔야 합니다!"

그대로 뒀다가는 여포의 칼에 죽을 것 같아 부하들이 장비를 끌고 성 밖으로 빠져나왔다. 그 모습을 본 조표가 주제도 모르고 장비 뒤를 쫓았다.

"장비, 네놈을 기어이 죽이고 말리라!"

분을 삭이지 못한 조표가 말을 휘몰아 쫓아갔다. 그때 장비가 느닷없이 돌아서서 단 일격에 장팔사모로 조표의 등을 꿰뚫었다. 자고로 분수를 모르고 설치는 자에게는 죽음만이 있을 뿐이다.

장비는 강을 건너 도망치고 서주는 고스란히 여포 손안에 들어가고 말았다. 여포는 먼저 군사들을 보내 유비의 가족을 보호했다.

"유현덕의 집은 보호해라. 누구도 함부로 접근해서는 안 된다!"

여포는 자신을 받아 준 유비에 대한 최소한의 예의를 베풀었다.

장비는 밤을 새워 유비에게 달려가 그답지 않게 눈물을 뿌렸다. 자신의 실수로 성을 빼앗겨 뼈저리게 후회가 되었다. 장비가 유비 앞에 엎드려 비통한 목소리로 말했다.

"형님, 나를 죽이시오! 내가 서주를 빼앗겼소."

원술과 대치하고 있던 유비에게 날벼락 같은 소식이었다. 우려했던 일이 벌어진 것이다. 유비가 한숨부터 내쉬었다.

"동생, 일어나게. 자네가 무슨 잘못이 있겠나."

"멀쩡한 땅을 뺏겼으니, 나를 죽여 주시오!"

"우리는 같은 날 같은 시에 죽기로 맹세하지 않았더냐? 너를 죽이면 나도 죽어야 한다. 일어나라."

관우가 옆에서 장비의 등짝을 두들기며 말했다.

"무슨 일이 있어도 약속을 지킨다더니, 이게 무슨 꼴이냐? 이 녀석아, 성을 빼앗기고 형수님마저 여포에게 잡혀 있으니 어쩌면 좋으냐?"

"에잇, 내가 콱 죽어 버리겠소!"

장비가 칼을 뽑으려 하자 유비가 칼을 빼앗아 던지며 말했다.

"내가 지금 성을 잃고 가족도 잃은 데다 형제까지 죽게 한다면 어찌 살겠느냐? 너무 걱정 마라. 성은 원래 내 것이 아니었다. 쉽게 얻은 성이니 잃었다 한들 아쉬울 것 없도다. 여포가 우리 가족을 죽이지는 않을 테니 구출할 수 있겠지. 그만한 일로 목숨을 버린단 말이냐?"

말은 그렇게 했지만 유비의 속마음은 찢어지는 것 같았다. 사랑하는 가족이 피를 나눈 형제보다 더 진한 우정을 공유한 장비의 실수로 적의 손아귀에 들어갔기 때문이다. 억울하고 분했지만 유비는 이를 악물고 참았다. 천하의 영웅들과 어깨를 겨루어 빈손으로 기껏 기반을 마련했는데, 이렇게 다시 빈손이 되고 만 것이다.

"형님, 으흐흐흐흑!"

관우와 장비가 목을 놓아 울었다. 승자는 패자보다 훨씬 많은 실수를 경험한다. 그것이 바로 그들이 이길 수 있는 비결이다. 이런 실수가 있기에 유비, 관우, 장비의 삶은 더욱 단단해진다.

유비는 비가 오는 날 조용히 군사를 거두어 후퇴했다. 그러다 원술의 습격을 받아 많은 군사를 잃고 패잔병이 되어 서주에 도착했다.

유비가 돌아오자 여포는 먼저 가족을 풀어 줘 관 부인과 미 부인이 돌아왔다.

"부인들, 그간 고초가 심했겠소."

"아닙니다. 여 장군이 아무도 처소에 들어오지 못하게 지켜 주었습니다. 물건도 부족함 없이 보내 주었습니다."

동생들을 바라보며 유비가 말했다.

"여포가 그래도 약간의 의리는 있구나."

동생들을 소패로 보낸 뒤 유비는 서주로 들어가 여포를 만났다.

"감사합니다, 여 장군!"

여포는 미안한 마음이 들어 설레발을 쳤다.

"아니, 그게 아닙니다. 내가 애초부터 성을 뺏으려 들지는 않았소. 장비가 술에 취해 실수할까 걱정되어 내가 지켜 주러 왔을 뿐이오."

"아닙니다. 나는 전부터 여 장군이 이 성을 맡아야 한다고 생각했습니다. 이참에 받아 주십시오."

몇 번을 사양하는 척하다가 여포는 결국 서주를 접수했다. 유비는 군사를 몰고 소패로 돌아오며 한마디를 남겼다.

"분수를 지키며 하늘이 주는 때를 기다려야 한다. 헛되이 목숨 걸고 경거망동해서는 아니 되는 것이야."

여포가 비단과 양식을 소패로 보내 주어 두 사람 사이는 기반이 역전되었을 뿐 평화로운 나날이 이어졌다.

4

여포의 능력

　전쟁이란 때로 사소한 시기와 질투로 이어지게 마련이다. 누군가 큰 세력을 차지하면 그것을 그냥 두지 않고 싸움을 걸어 세력을 분열시키거나 갖고 있는 힘을 소진하게 만드는 것이다. 그게 아니라면 싸움 과정에서 맺어진 원한 관계로 복수를 하거나 앙갚음하는 것으로도 전쟁이 벌어진다. 대개 군사를 일으키는 명분은 나라를 안정시키고 정의를 실현한다는 것이지만 그 배경에는 제후 개개인의 야욕과 탐욕이 자리 잡고 있는 법이었다.

　원술이 유비를 물리치고 승리의 잔치를 벌일 때 전장에 나갔던 손책

†이 돌아왔다. 손책은 초평 3년(192) 무렵만 해도 원술 밑에서 정중히 예의를 갖춰야 하는 젊은 장수였을 뿐이다. 원술은 손책이 전투에 나서서 공을 세우고 돌아왔다고 하자 술잔을 내리며 어린애 다루듯 했다.

"그래, 자네가 참으로 많이 컸어. 앞으로도 잘하도록 해. 내가 지켜볼 테니까."

"감읍할 따름입니다."

손책은 술잔을 받으며 고개를 숙였다. 가슴속에서 굴욕스러운 감정이 스멀스멀 일어났다. 아버지 손견이 젊은 나이에 죽자, 손책은 강남으로 물러나 은둔하며 힘을 길렀다. 그러나 아직 세력이 작아 따르는 자가 많지 않았다. 부지런히 천하의 인재를 모았지만 약관도 안 된 그로서는 역부족이었다. 원술의 수하로 들어온 뒤에는 그에게 의지하며 지도 편달을 받았다. 모든 일에 열심히 최선을 다하는 손책은 원술이 보기에 쓸 만한 인재였다. 그러나 아직 젊은 애송이에 불과했다. 그는 손책에게 이렇게 이야기하곤 했다.

"자네 같은 아들만 있다면 내가 무엇이 걱정이겠는가?"

손책은 175년에 태어났으니 이때 17세였어. 말하자면 소년 장수였는데 아버지 손견이 일찍 죽는 바람에 물려받을 세력이 없어 원술에게 몸을 의탁하고 있었지. 그러나 원술 밑에서 마냥 부하로 머물지 않고 자신만의 세력을 만들 궁리를 하고 결국 실행에 옮겨.

"영광이옵니다!"

말은 그렇게 했지만 손책은 속으로 이를 갈았다.

'원숭이 같은 놈에게서 나 같은 사자가 어찌 나온단 말이냐?'

원술은 귀찮은 싸움이나 자질구레한 전투가 있으면 손책에게 군사를 내주며 처리를 당부했다. 그때마다 손책은 어김없이 승전고를 울리며 돌아왔다. 손책은 아버지를 닮아 뛰어난 용장이었다. 싸움에서 번번이 승리하고 돌아오자 원술은 그를 심복처럼 여겼다.

잔치를 마치고 집에 돌아온 손책은 울적하기 짝이 없었다. 전장에서 죽은 아버지를 생각하니 이렇다 할 세력도 없이 원술 밑에서 뒤치다꺼리나 해야 하는 자신의 신세가 서러웠다.

"으흐흐, 아버님은 큰 영웅이셨는데 지금 내 꼴이 이게 뭐란 말인가?"

울적한 마음에 신세타령이 더해져 결국 목을 놓아 울고 말았다. 그때 누군가 다가오며 물었다.

"손공은 무슨 사연이기에 이토록 대성통곡을 하는 것입니까?"

돌아보니 아버지 손견 밑에서 종사관으로 있었던 주치였다.

"아, 아닙니다."

손책은 황급히 눈물을 닦았다.

"아버님은 살아생전에 내게 심부름을 많이 시키시고 궁금한 건 늘 물어보셨는데, 손공은 어찌하여 내게 묻지를 않으십니까? 무엇이 그렇게 슬프십니까?"

"어리석은 아들이 아버님의 뜻을 잇지 못하고 남의 밑에서 던져 주는 밥이나 먹고 있자니 서러워 그럽니다."

주치가 고개를 끄덕이며 말했다.

"그렇다면 왜 강동[†]으로 가서 독자적인 세력을 구축하지 않으십니까? 왜 이곳 수춘에서 한탄만 하고 계십니까?"

손책은 정신이 번쩍 들었다. 자기 힘의 미약함만 탓했지, 스스로 일어나 업을 세울 생각은 못 했기 때문이다. 시련과 고통을 통해 인간정신은 단련되고 판단력이 생기며, 더 큰 야망을 꿈꾸고 그것을 실현시킬 줄 알게 된다. 당시 강동은 군웅할거 중이었다. 고만고만한 세력들이 서로 다투었지만 큰 강이 가로놓여 중원에서 어느 누구도 강을 건너는 모험을 감수하면서까지 세력을 키우려 하지 않았다.

"저에게 어쩌란 말씀이십니까? 군사도 없고 땅도 없는데."

"원술에게 군사를 빌려 강동으로 가십시오. 가서 자신의 능력으로 땅을 개척하시지요."

"원술이 호락호락 군사를 내주겠습니까?"

주치가 목소리를 낮추며 말했다.

"선친께서 남긴 전국새가 있지 않습니까?"

"예? 아, 그것을……."

"맡기고 군사를 빌려 달라 하십시오."

장강은 서에서 동으로 흐르다 안휘성에서 북으로 방향을 꺾고, 강소성에 다다르면 다시 동쪽으로 흘러. 강동이란 이 강의 동쪽 지역을 부르는 말로 지금의 강소성, 절강성, 안휘성 지역을 말하지. 춘추 전국 시대에 오나라와 월나라 지역을 달리 이르던 이름이야.

그럴듯한 계책이었다. 옥새로 얻은 것은 아버지의 죽음뿐이었다. 옥새는 갖고 있어 봤자 실익이 없었다. 옥새보다 중요한 것이 실질적인 힘이었다. 손책은 그것을 이제 깨달았다.

다음 날 손책은 원술을 찾아가 침울한 목소리로 사정을 얘기했다.

"저는 아직도 아버지의 원수를 못 갚았습니다. 게다가 재주가 미천해 제 몫의 땅도 세력도 갖고 있지 못합니다. 어머니와 식솔도 제대로 건사하지 못하는 이 어리석은 자에게 한 가지 소원이 있습니다. 부디 들어주십시오."

"그래, 소원이 뭐냐?"

원술이 거드름을 떨며 물었다.

"군사 몇천만 빌려주시면 제가 가서 어머니도 구하고 가족들도 돌보겠습니다."

"내가 무얼 믿고 자네한테 군사를 빌려준단 말인가?"

동탁을 치러 갔던 손견에게 말먹이와 양곡을 제때 보내지 않으며 잔머리를 굴렸던 원술다운 질문이었다. 이익이 없는 일은 절대 하지 않겠다는 생각이었다.

"저를 못 믿으실 것 같아 선친께서 저에게 주신 전국새를 담보로 맡기겠습니다."

손책이 옥새를 꺼내 휘황한 빛을 보여주자 원술은 갑자기 탐욕이 생겼다. 옥새만 차지하면 황제가 될 수 있을 것 같았다. 게다가 손만 뻗으면 닿을 거리에 전국새가 빛을 내뿜고 있지 않은가.

"어험! 옥새가 탐나는 것은 결코 아닌데, 자네 사정이 그렇다니 군사를 빌려주겠다. 강동을 정리하고 얼른 돌아오라. 벼슬이 낮다면 황제께 말씀드려 벼슬을 올려 주마."

"감사합니다. 이 은혜 잊지 않겠습니다!"

손책은 주치를 비롯한 수하들과 함께 원술에게 빌린 군마를 이끌고 드디어 강동을 향해 출발했다. 영웅 탄생의 서곡이 울려 퍼지는 찰나였다.

손책 일행이 얼마쯤 갔을 때 앞에 한 떼의 군마가 나타났다. 앞장선 사람은 다름 아닌 주유였다. 손책과 주유는 손견이 동탁을 칠 때 의형제를 맺은 사이였다. 나이는 동갑이었지만 손책의 생일이 몇 개월 빨라 형 노릇을 했다. 주유는 용모가 수려한 데다 강동의 책사라 할 만한 뛰어난 인재였다.

"형님, 제가 돕겠습니다. 대업을 이루는 데 함께하겠습니다!"

"아우와 함께하니 더욱 힘이 솟는군."

주유는 강동의 두 장씨[†]라는 장소와 장굉 등 새로운 인재들을 소개하고 그들을 맞아들이도록 조언했다. 손책은 젊은 혈기로 그들과 힘을 합쳐 강동의 토호들을 평정하기 시작했

강동의 두 장씨라고 하면 한 사람은 장소, 또 한 사람은 장굉을 이르는 말이야. 장소는 팽성 사람으로 자는 자포, 장굉은 광릉 사람으로 자는 자강이었어. 둘 다 천하를 다스릴 만한 재주를 지녔다고 알려져 있었지. 손책이 탐을 내서 사람과 예물을 보내 청했지만 사양하고 응하지 않았대. 그래서 손책이 직접 찾아가 천하의 대업에 대한 고견을 들은 뒤에 휘하로 들일 수 있었다는구나. 인재를 구하는 건 결코 쉬운 일이 아니야.

다. 순식간에 강동의 넓은 땅이 손책의 차지가 되었다. 싸움을 거치면서 새로운 장수들과 인재들이 속속 그의 휘하로 들어왔다.

손책이 군사를 이끌고 강동으로 내려가 그 지역을 평정하는 데는 그리 오랜 시간이 걸리지 않았다. 큰 세력을 형성한 제후가 없었을 뿐 아니라 모처럼 제대로 된 지도자가 나타나자 많은 백성들이 스스로 그의 휘하로 몰려든 것이다. 세력이 변변찮은 우두머리들은 손책이 정벌하러 온다는 소식만 들려도 두려워 도망치기 일쑤였다. 그런 까닭에 싸움다운 싸움은 몇 번 치르지도 않고 강동에서 엄청난 세력을 형성했다. 손책은 땅을 점령하면 절대로 노략질을 하지 못하게 엄명을 내렸다.

"닭의 모가지라도 비트는 자는 자신의 목이 날아갈 줄 알아라. 물건이 필요하면 꼭 돈을 주고 사도록 하라!"

긴가민가하던 백성들은 듣던 대로 젊은 손책이 절대 노략질을 하거나 수탈하지 않는다는 사실을 알고 앞다투어 닭과 개, 소, 돼지를 잡아다 바쳤다. 그럴 때도 손책은 절대 공짜로 받지 않고 비단이나 돈으로 값을 치렀다.

"만세! 만세!"

"이제야 마음 편히 살게 됐어!"

백성들은 손책이 지나는 길가에서 만세를 불렀다. 항복한 강동의 토호들이 거느리던 병졸들은 손책의 군대에 남겠다면 받아들이고 돌아가겠다면 농사짓고 살게 해주었다. 백성들은 새로운 영웅의 탄생을 기뻐했다. 손책은 젊은 패기로 중원의 영웅들이 거들떠보지 않던 땅에서 자신의 세력을 만들었다. 젊음은 가능성이고 힘이며 미래에 대한 확실한 보장이었다. 결코 낭비해서는 안 되는 보화였다.

손책은 동생 손권에게도 땅을 나누어 주며 다스리도록 했다. 한번은 주태⁺가 손권과 함께 성을 지키는데 산적 떼가 기습해 왔다. 얼마 남지 않은 황건군 잔당이었다. 예상치 못한 상황에서 손권이 위험에 빠지자 주태가 분전하여 겨우 산적을 물리쳤는데, 손권을 구하느라 주태가 열두 군데나 상처를 입었다. 그것도 독을 바른 창에 찔려 난 상처라 염증이 생겨 고름이 솟았다. 상태가 날로 악화되어 주태가 죽을 지경에 이르렀다.

뒤늦게 손책이 군사들을 이끌고 달려왔다.

"어찌 된 노릇이냐? 그대가 벌써 쓰러지면 안 된다. 우리가 이루어야 할 대업이 아직 많이 남지 않았더냐!"

그때 옆에 있던 장수가 말했다.

"제가 오래전에 싸우다 창에 찔린 적이 있었습니다. 그때 고을 관리가 용한 의원을 천거해 주어 그분의 치료로 보름 만에 나았습니다. 그 의원을 알아볼까요?"

"당장 그 고을 관리를 만나 의원을 청해 오도록 하라!"

주태는 손책이 강동을 토벌할 때 그에게 귀순한 장수야. 애초부터 뜻을 같이하지 않았어도 손책에게는 이렇게 귀순한 뒤에 충성을 다하는 신하가 많았어.《삼국지연의》에서는 화타라는 명의를 불러들이는 일종의 복선 역할을 하는 캐릭터로 활약하지.

그리하여 회계 고을 관리 우번이 그날 밤으로 당대의 명의 화타†를 데려왔다. 화타의 얼굴은 주름살 하나 없이 혈기가 돌아 불그레했는데 머리는 온통 하얘서 학과 같았다. 한마디로 이 세상 사람 같지 않은 신선의 기운을 풍겼다.

손책의 부탁에 따라 화타가 주태의 상처를 여기저기 살펴보고 나서 말했다.

"어렵지 않습니다."

이윽고 화타가 비방의 약을 처방해 먹이고 상처에 발라 주었다. 그러자 고열에 시달리던 주태가 편안히 잠들었다.

그 후 주태는 한 달도 안 되어 완쾌되었다. 손책은 크게 기뻐하며 화타에게 사례했고, 군사를 보내 주위의 황건군 잔당들을 소탕했다. 이제 강남 일대는 완전히 평화의 지대가 되었다. 손책은 곳곳에 부하 장수들을 배치하고 조정에 표문을 올렸다.

신 손책은 조정의 성덕이 미치지 못해 어지럽던 강동, 강남 지역을 깨끗이 평정하였나이다.

제후의 능력을 스스로 갖췄다는 것을 대내외에 알리는 글이었다. 손책은 또한 실권자 조조에게도 편지를 보내 교분을 유지하고자 하는 뜻을 전했다. 그리고 마지막으로 원술과의 관계를 청산하고자 했다. 편지를 보내 옥새를 돌려주면 군사를 돌려보내겠다고 전한 것이다.

서신을 받은 원술은 배가 아팠다.

"어린놈이 내가 빌려준 군사를 가지고 큰 땅덩어리를 차지했구나. 내가 범의 새끼를 키웠어."

원술은 자신이 진작 그런 결단을 내리지 못한 것이 아쉬웠다. 그런 데다 옥새를 돌려주고 싶지도 않았다. 옥새를 손에 쥐고 보면 볼수록 황제가 되고 싶은 생각이 간절했기 때문이다. 옥새를 돌려 달라는 손책의 요구에는 핑계를 대어 회답을 늦추고 휘하 장수들과 이런저런 궁리를 했다.

"손책이 넓은 강동 땅을 손에 다 넣었다. 그런데 은혜를 갚을 생각은 않고 옥새를 돌려 달라는데 어찌하면 좋겠는가?"

휘하 장수들의 갑론을박이 이어졌다.

"참으로 괘씸한 일입니다. 당장 쳐들어가 목을 쳐야 합니다."

"아닙니다. 지금은 기세가 등등하니 시간을 끌면서 세력이 약해질 때를 기다리는 것이 좋겠습니다."

그때 양대장이 나서서 말했다.

"모두 좋은 계책이 아닙니다. 손책은 장강을 끼고 있기 때문에 우리는 강을 건너가 쳐야 하

화타는 패국의 초군 사람으로 자는 원화야. 훗날 관우의 부상을 치료하고 조조와도 만나는 의학자로 나오지. 전국 시대의 의술인인 편작과 더불어 명의를 상징하는 인물로 지금까지 명성을 날리고 있어.

는 불리한 입장입니다. 게다가 적은 훈련이 잘되어 있을 뿐 아니라 실전 경험이 풍부하고 양식도 넉넉하다 들었습니다."

"그러니 어쩌란 말이냐?"

"시간 여유를 갖고 힘을 빼는 것이 좋겠습니다. 대신 지금은 손책이 아니라 눈엣가시인 유비를 쳐야 할 때입니다."

"유비를?"

"아무 이유 없이 우리를 넘본 유비를 제거해 힘을 키우고 후방을 든든하게 해 놓으셔야 손책을 공략할 수 있을 것입니다."

"유비를 칠 계책이 있단 말이냐?"

"소패라는 작은 성에 자리 잡은 유비는 별것 아닙니다. 문제는 그 뒤 서주에 호랑이 같은 여포가 있다는 점입니다. 만약 우리가 전쟁을 일으켰을 때 여포가 도와주면 큰일입니다. 그래서 두 사람 사이를 떼어 놓는 것이 좋겠습니다. 여포에게 양곡을 보내 환심을 산 뒤 유비를 사로잡게 하십시오. 그다음에 여포를 치는 것은 쉽습니다."

"그래, 그거 좋은 생각이다."

원술은 옥새를 돌려줄 생각은 이미 접었다. 손책과 한판을 겨루더라도 옥새는 손에 쥔 채 자신의 세력을 확장해야 했다. 그러다 보니 만만한 대상으로 아직 세력으로 확실하게 자리 잡지 못한 유비를 제거하려 한 것이다.

원술은 밀서와 함께 곡식을 여포에게 보냈다. 여포는 당연히 기뻐하며 사자를 후하게 대접했다.

사자가 돌아와 원술에게 말했다.

"여포가 무척 기뻐했습니다. 선물을 안겼기 때문에 우리가 유비를 치더라도 유비 편을 들지는 못하게 만든 셈입니다."

"아주 잘했다, 잘했어!"

원술은 휘하 장수 기령을 대장으로 삼아 수만 명의 군사를 내주고 소패로 출진하도록 명령했다. 유비는 또다시 바람 앞의 등불 신세가 되었다.

원술의 군사들이 움직인다는 소식은 말보다 빨리 유비의 귀에 들어갔다.

"큰일이구나. 원술이 지난번 당한 원한을 갚겠다고 군사를 일으켰다 한다."

"당장 나가서 맞서 싸웁시다. 원술, 이놈 목을 내가 따겠소!"

장비가 큰소리치자 책사인 손건†이 상황 판단을 정확히 했다.

"소패는 양식도 부족하고 병력도 적습니다. 대군을 맞아 싸운다면 백전백패입니다. 여포에게 도와 달라 하십시오."

"그래, 그 말이 옳다. 입술이 없으면 이가 시린 법이다. 편지를 써서 여포에게 보내겠다."

유비는 간곡한 편지를 써서 여포에게 보냈

손건은 정현의 추천으로 유비의 종사가 된 사람으로, 유비를 따라 각지를 다녔어. 뛰어난 말솜씨로 심부름꾼 역할을 많이 했지. 문제가 있을 때마다 유비가 찾은 중요한 책사로 미축에 버금가고 간옹과는 동등하게 대우했다고 해.

다. 원술의 공격에 대비하려 하니 군사를 빌려 달라는 내용이었다.

편지를 받은 여포는 책사인 진궁을 불러 상의했다.

"유비가 이런 편지를 보냈네. 어찌하면 좋겠는가?"

진궁이 편지를 읽은 뒤 말했다.

"원술이 양식을 보낸 것은 유비를 돕지 말라는 뜻 아니겠습니까?"

"그렇지. 내가 돕지 않으면 유비의 목을 치겠다는 뜻이지."

"장군께서는 유비가 소패성에 머무는 것이 불안하십니까?"

"아닐세. 유비가 군사를 가지고 소패에 있는 것은 해될 것이 없네. 하지만 원술, 이 욕심 많은 자가 소패를 차지하면 그다음엔 나를 칠 테지. 그럴 바에는 유비를 돕는 것이 낫지 않겠는가?"

"맞습니다. 크게 보셔야 합니다. 군량미를 받았다고 미래를 담보로 잡힐 수는 없습니다."

"알았네. 군사를 일으켜라!"

결국 여포도 군사를 일으켜 길을 나서게 되었다.

원술의 명을 받은 기령은 소패 동남쪽에 도착해 진을 쳤다. 군사들은 기세등등하게 함성을 지르고 북을 쳐 댔다. 규모가 작은 소패성의 군사들이 지레 겁먹고 항복하길 바란 것이다. 유비의 군사는 고작해야 오천 명 안팎이었다. 하지만 그대로 당할 수 없어 성에서 나와 진을 치고 기령의 군사와 대치했다. 그때 여포의 군사가 소패 남쪽에 진을 쳤다는 소식이 들려왔다. 기령이 펄쩍 뛰었다.

"뭐야, 이건 약속이 다르지 않은가! 여포가 군사를 끌고 왔다면 유비를 도우려는 게로군."

기령은 급히 여포에게 편지를 썼다.

　　여 장군, 어찌 이럴 수 있단 말이오? 우리와의 의리를 저버리고 유비를 도우러 오다니, 신의를 저버리는 행동을 당장 멈추기 바라오.

기령의 편지를 본 진궁이 여포에게 물었다.

"장군의 활솜씨는 어느 정도입니까?"

"내 활솜씨는 천하제일일세. 소싯적부터 궁술, 검술, 창술……, 능하지 않은 것이 없다네."

"그렇다면 방법이 있습니다."

진궁이 여포에게 귀엣말을 했다. 그러자 여포가 고개를 돌려 말했다.

"그건 가능하네."

"정말 가능하십니까?"

"물론일세."

"그러면 그대로 행하시지요. 저들은 물러날 것입니다."

"허허, 신묘한 수로다!"

여포는 유비와 기령에게 각각 사람을 보내 소식을 전했다. 자신의 막사에서 보자고 한 것이다.

"여 장군께서 막사로 초대하셨습니다."

유비는 여포가 청했다는 전령의 말을 듣고 당장 움직이려 했다. 그러자 관우와 장비가 나섰다.

"형님, 불안합니다. 여포는 믿을 자가 못 됩니다."

"맞습니다. 분명히 딴생각을 품고 있을 것입니다. 가지 마십시오."

"아니다. 여포가 나를 해칠 까닭이 없다."

두 아우의 반대에도 아랑곳없이 유비가 말에 오르자, 관우와 장비는 어쩔 수 없이 수행했다.

여포 진영의 막사에 도착하자 여포가 능구렁이처럼 웃으며 맞았다.

"유공, 어서 오시오. 오늘은 내가 힘만 있는 게 아니라 꾀도 있다는 걸 보여드리고자 합니다. 공의 어려움이 오늘로 해결될 것입니다. 잠깐만 기다려 보시구려."

"여 장군, 감사합니다. 위기에 빠진 저를 구해 주신다면 이 은혜, 백골난망입니다."

그때 한 병사가 들어와 아뢰었다.

"기령 장군이 도착했습니다!"

순간, 유비가 자리에서 벌떡 일어나고 뒤에서 호위하던 관우와 장비가 앞으로 나서서 칼을 뽑아 들었다.

여포가 손을 들어 말렸다.

"아아, 기다리십시오. 특별히 두 분을 청해서 내가 하려고 하는 것이 있습니다."

여포가 방천화극 자루의 끝을 땅바닥에 한 번 쿵 찍었다. 유비는 여포가 의심스러웠지만 지금으로서는 어찌할 방도가 없었다. 그때 기령이 막사 안으로 들어왔다. 기령은 여포가 초대하자 함께 작전을 짜려는 줄 알고 왔다가 유비 일행을 보고 깜짝 놀랐다.

"이런!"

몸을 돌이켜 막사에서 나가려는 것을 여포가 말렸다.

"어서 오시오, 기 장군!"

"이게 무슨 수작이오? 적에게 내 목을 내주려는 거요?"

여포가 완강하게 버티는 기령을 붙잡아 자리에 앉혔다.

기령이 다시 물었다.

"나를 죽이려는 것이오?"

"그럴 리 있소이까?"

"아니면 유비를 죽이려는 것이오?"

"그럴 리 없습니다."

"그럼 대체 우리를 한자리에 모아 놓고 무슨 짓을 하려는 거요?"

관계가 미묘한 세 사람이 군막 안에 자리를 잡자, 여포가 가운데에서 좌우에 있는 유비와 기령을 보며 말했다.

"유현덕은 내 형제와 다름없는 사람이오. 내가 어려움에 처했을 때 버리지 않고 거두어 주었소. 그런데 기령 장군, 그대 때문에 곤욕을 치르고 있다기에 도와주러 왔을 뿐이오."

기령이 인상을 긋고 말했다.

"그럼 우리 군사들을 상대로 싸우겠다는 뜻 아니오?"

"그렇지 않소이다. 나는 싸움보다 화해가 더 낫다고 생각하는 사람이오. 이 자리에서 두 사람이 화해하는 게 어떻겠소?"

"어떻게 화해하란 말이오? 나는 주공의 명을 받고 온 사람이오."

유비는 화해하고 돌아갈 수만 있다면 더 바랄 것이 없다는 듯 고개를 끄덕였다.

"그렇다면 내게 방법이 있소. 하늘에게 뜻을 물어보는 것이오."

예상치도 않은 말에 기령과 유비는 당황했다. 여포는 호위병에게 술을 내오게 하여 한 잔씩 돌린 다음 자리에서 벌떡 일어났다.

"지금도 늦지 않았소. 각자 군사를 돌려 돌아가시는 게 어떻겠소?"

유비는 머리를 조아렸다.

"저는 언제든지 명하신다면 돌아가겠습니다."

하지만 기령은 단호했다.

"나는 주공의 명을 받은 장수요. 십만 군사가 보이지 않소? 적장을 잡아가야 한단 말이오. 안 그러면 내 목이 남아나지 않을 거요."

뒤에서 보고 있던 장비가 앞으로 나섰다.

"이놈, 우리 군사가 적다고 깔보는 게냐? 너희 놈들은 황건적에 비하면 아무것도 아니야. 황건적과 싸워 백전백승한 우리 형님을 어찌 보고 감히……."

관우가 나섰다.

"아우야, 참아라. 아직 얘기가 끝나지 않았잖느냐?"

여포가 방천화극을 들었다 놓으며 말했다.

"이 자리에서 싸움은 있을 수 없소. 그대들을 부른 것은 화해하기 위함이지 싸움을 하자는 게 아니오. 싸우기로 작정하면 나 역시 사양하지 않을 것이오."

여포는 당대 최고의 용장이었다. 그가 뱉은 말이 빈말이 아님을 천하가 다 알고 있었다.

"내가 양쪽 군사들을 싸우게 할지 말지 결정할 수는 없소. 하지만 하늘의 뜻을 물어볼 수는 있소."

모두들 무슨 말인가 싶어 여포의 얼굴을 바라보았다. 좌우를 보며 여포가 부하에게 말했다.

"이 방천화극을 저기 원문 성채 바깥 빈터에 갖다 세워라!"

명에 따라 수하들이 여포의 방천화극을 군사들이 모여 있는 공터 한가운데 꽂아 놓았다.

"나갑시다."

막사 안에 있던 사람들이 여포를 따라 나가 멀리 서 있는 방천화극을 바라보았다.

"보다시피 방천화극은 백오십 보 이상 떨어져 있소. 내가 화살을 쏘아 저 방천화극의 날을 맞히겠소. 만약 내가 여기서 맞히면 양군 모두 군사를 거두어 돌아가시오. 그것은 하늘의 뜻이오. 하지만 못 맞히면 각자 진지로 돌아가 싸움을 계속하시오. 나는 군사를 물려 서주로 돌아갈 것이오. 하지만 약속을 어기는 자는 나부터 먼저 군사를 동원해 짓밟을 것이오."

기령과 유비는 실전에서 잔뼈가 굵은 사람들이었다. 여포의 제안은 불가능한 것을 하겠다는 뜻이었다.

'저렇게 멀리 있는 방천화극의 날을 맞히겠다고? 어림없는 소리지. 틀림없이 못 맞혀.'

이렇게 생각한 기령은 조심스럽게 말했다.

"좋소. 하늘의 뜻이 그렇다면 두말 않고 군사를 물리겠소."

유비도 달리 할 말이 없었다.

"여 장군의 뜻에 따르겠습니다."

"그럼 들어가서 마저 술을 마십시다."

막사에 들어가 마시던 술을 먹고 난 여포가 명령했다.

"내 활을 가져와라."

밖으로 나온 여포가 활에 화살을 걸었다. 모든 부하 장령들이 여포의 화살이 어찌 되는지 숨죽여 지켜보았다. 마침내 여포가 힘껏 시위를 당겼다가 화살을 놓았다. 화살은 포물선을 그리며 날아갔다. 그리고 한 치의 어긋남도 없이 방천화극의 창날에 정통으로 맞았다. 날카로운 금속성 소리와 함께 방천화극이 부르르 떨었다.

"으아!"

지켜보던 사람들이 하나같이 탄성을 자아냈다. 직접 눈으로 보고도 도무지 믿을 수 없다는 듯 고개를 내둘렀다.

여포가 기령과 유비에게 술을 따라 주며 말했다.

"으하하하하! 이건 내 뜻이 아닌 하늘의 뜻이오. 약속한 대로 군사를 거두어 당장 돌아가시오!"

기령이 볼멘소리를 했다.

"여 장군이 그리하라니 거역할 순 없지만, 회남으로 돌아가면 나는 죽은 목숨 아니겠소?"

"걱정하지 마시오. 내가 서신을 써 주겠소."

여포가 원술에게 보내는 편지를 써서 기령에게 주었다.

기령이 일행과 함께 진지로 돌아가는 것을 보고 나서 여포가 유비에게 공치사를 했다.

"유공, 내 은혜를 잊지 마시오. 내가 아니었으면 공이 어찌 될지 불을 보듯 뻔했을 것이오."

"말해 무엇 하겠습니까. 장군에게 감사할 따름입니다."

유비도 관우, 장비와 함께 여포 진영에서 빠져나왔다.

이튿날 각 진영의 군사들은 제 갈 길로 돌아갔다. 기령은 회남으로, 유비는 소패로, 여포는 서주로. 쓸데없이 힘을 뺐을지도 모를 전쟁이 여포의 화살 한 방으로 해결되었다.

모든 상황을 지켜보고 웃는 사람이 있었다. 진궁이었다.

'유비가 무척 운이 좋구나.'

5
조조가 군사를 일으키다

기령은 어쩔 수 없이 회남 땅으로 돌아갔다. 생각할수록 여포의 계교에 속은 것 같아 분하면서도 어이가 없었다.

원술은 보고를 받자마자 펄쩍 뛰었다.

"여포 그자가 내게서 그렇게 많은 양식을 취하고도 농간을 부렸구나. 내가 당장 군사를 끌고 가서 두 놈 다 죽여 버리겠다!"

기령이 생각 끝에 의견을 말했다.

"이번에 가서 보았더니 초록은 동색이고 가재는 게 편이라고, 여포와 유비는 묘한 관계였습니다. 원한을 갖고 있는 것 같으면서도 서로 도와주는 관계라 작전을 바꾸는 게 좋겠습니다."

"어떻게 바꾼단 말이냐?"

"여포를 완전히 우리 편으로 만드는 것입니다. 유비와 손잡지 못하도록 확실하게 못 박는 방법이 있습니다."

"오, 그래? 그게 무엇이냐?"

"여포에게 딸이 하나 있다고 들었습니다. 주공의 아드님과 여포의 딸을 맺어 주는 것입니다."

"뭐라고? 혼사를 맺는단 말인가?"

"그렇습니다."

원술은 말귀를 바로 알아들었다.

"옳거니, 그리되면 유비는 독 안에 든 쥐가 되겠지?"

"맞습니다."

원술은 한윤을 중매쟁이로 삼아 여포에게 혼담을 넣었다.

"저희 주공께서 공을 사모하여 따님을 며느리로 맞고 싶어하십니다. 사돈의 정을 맺는 것이 어떠신지요?"

뜻밖의 제안에 여포가 망설였다.

"여식 혼례 문제를 내 마음대로 할 수 있겠는가? 아내와 의논해 보겠노라."

여포가 내당에 들어가 엄씨에게 혼삿말을 꺼냈다. 엄씨는 첫째 부인이었다. 여포는 나중에 초선을 첩으로 맞이했으며, 소패에서 조표의 딸에게 장가를 들어 셋째 부인으로 삼았다. 그런데 자식은 엄씨가 낳은 딸하나뿐이었다.

엄씨가 이것저것 가리지 않고 말했다.

"원술이 옥새를 갖고 있다면서요? 그럼 황제에 오를 수도 있잖아요. 그렇게 되면 우리 아이가 장차 황후가 될 수도 있는데, 이런 기회를 놓쳐서는 안 되지요."

엄씨의 말을 듣고 난 여포는 혼인을 허락했다.

한윤은 곧장 돌아가 원술에게 여포의 뜻을 전했다. 일이 계획대로 되어 기분이 좋아진 원술은 당장 예물을 준비해 갖다주라며 부산을 떨었다. 한윤이 귀한 예물을 전하자, 여포는 매우 기뻐하며 그를 융숭하게 대접했다.

이튿날 한윤이 역관에서 쉬는데 여포의 모사인 진궁이 한윤을 찾아와 물었다.

"양가가 사돈을 맺는 계책은 누구의 꾀란 말이오?"

"무슨 말씀이십니까?"

"여 장군과 원공을 사돈을 맺게 한 다음 유비의 목을 치겠다는 뜻 아니오?"

한윤이 놀라서 눈이 휘둥그레졌다.

"우리 의중을 꿰뚫어 보셨군요. 부탁합니다. 절대 누설하지 말아 주십시오."

"나를 걱정할 필요는 없지만 남들이 눈치챌까 두렵소."

한윤이 어쩔 줄 몰라 진궁에게 조언을 구했다.

"어쩌면 좋겠습니까? 부디 미욱한 제게 지혜를 주십시오."

"내가 여 장군에게 당장 신붓감을 보내라 하면 어떻겠소?"

한윤이 고개를 끄덕이며 말했다.

"한시가 급하니 서둘러 보내도록 도와주십시오. 공의 은덕은 잊지 않겠습니다."

진궁은 그길로 여포에게 가서 말했다.

"원공과의 혼사 이야기를 들었습니다. 아무래도 서두르는 게 좋겠습니다."

"예로부터 혼사란 인생사의 중요한 일이라 신중해야 하는데 어찌 서두르려 하는가?"

"지금 천하의 제후들이 저마다 세력을 다투는데 원술과 여 장군께서 사돈을 맺는다는 소문이 퍼지면 이를 시기하는 놈들이 신부를 납치하거나 해코지하려 들 것입니다. 그래서 소문나기 전에 당장 신부부터 보낸 다음 정한 날짜에 혼사를 맺는 것이 좋겠습니다."

듣고 보니 진궁의 말이 맞았다.

"늦춰서 좋을 일이 없군. 서둘러야겠다!"

여포가 엄씨에게 뜻을 전하자, 엄씨는 서둘러 딸을 수레에 태워 한윤과 함께 떠나도록 조처했다.

이때 진등의 부친 진규는 병석에 누워 있다가 여포 딸아이의 혼인 소식을 듣고 대번에 유비의 목숨이 위태롭다고 여겼다. 진규는 몸도 안 좋은 상태에서 허둥지둥 여포를 찾았다.

"대부께서 어쩐 일로 저를 찾아오셨습니까?"

"장군께서 곧 돌아가시기에 그전에 문안을 드리러 왔습니다."

"웬 재수 없는 소리요?"

여포가 인상을 그으며 고개를 돌리자, 진규가 차근차근 앞뒤 정황을 설명했다.

"원술이 곱게 양곡을 보낸 것은 공에게 유비를 죽여 달라는 부탁이었습니다. 그런데 공께서는 오히려 방천화극을 화살로 맞히는 놀라운 솜씨로 유비를 구해 주셨습니다. 이런 상황에서 원술과 사돈을 맺으면 원술이 당장 소패를 치지 않겠습니까? 소패가 원술의 손에 들어가면 서주도 위태로울 뿐 아니라, 원술이 사돈이 되었다고 수시로 군사와 군량을 빌려 달라고 하면 어쩌실 겁니까? 청을 거절하자니 사돈 사이가 나빠질 테고, 청을 들어주자니 손해가 막심하고. 게다가 원술은 무엄하게도 황제가 되겠다는 꿈을 꾸고 있습니다. 이건 엄연한 반역 아닙니까? 어쩌자고 역적과 사돈을 맺으려 하십니까?"

묵묵히 진규의 말을 듣던 여포가 고개를 끄덕였다.

"아, 자칫하면 내가 내 무덤을 팔 뻔했구나. 당장 혼사 행차를 불러들여야겠다."

휘하 장수 장요가 달려가 성에서 삼십 리나 멀어졌던 혼사 행차를 되돌리고 사자인 한윤은 가두어 버렸다. 여포는 원술에게 따로 사람을 보내 아직 혼례를 치를 준비가 안 되었다는 소식을 전했다.

그런데 상황이 아무도 예상하지 못한 방향으로 흘러갔다. 여포와 유비가 등을 지게 되는 사건이 벌어졌다.

사건의 발단은 사고를 잘 치는 장비에게서 비롯되었다. 여포의 군사들이 산동에서 말 삼백 필을 사 오던 중 소패 근처에 다다랐을 때 난데없는 도적 떼가 나타나 말을 거의 절반이나 빼앗아 도주했다. 도적 떼의 주인공은 바로 변장한 장비였다. 여포를 철천지원수로 여기는 장비였기에 가능한 일이었다.

"내 장비 이놈을 당장 요절내고 말 테다!"

여포가 당장 군사를 이끌고 소패로 쳐들어가 유비에게 따졌다.

"내가 신궁의 솜씨로 그대를 살려 주었거늘 무슨 까닭에 내 말을 훔쳐 갔단 말이냐?"

아닌 밤중에 홍두깨라고 유비는 깜짝 놀랐다.

"우리는 여 장군의 말을 훔친 적이 없습니다."

"장비를 시켜 일을 저질러 놓고 이제 와서 딴소리냐?"

그때 장비가 장팔사모를 꼬나들고 앞으로 나오며 소리쳤다.

"그래, 이 도적놈아! 난 겨우 말 몇 마리를 도적질했지만 네놈은 뻔뻔하게 우리 형님이 다스리던 서주 땅을 도적질하고도 가증스럽게 낯짝을 들고 다니느냐?"

"이런 잡놈이 있나!"

독이 오른 여포가 말을 박차고 나가자 장비 또한 씩씩거리며 뛰쳐나왔다. 둘째가라면 서러워할 당대 최고의 두 용장이 맞붙었다. 힘을 넣는 기합 소리가 귀를 찢고, 창날이 부딪치며 불꽃이 튀었다. 지켜보던 군사들은 손에 땀을 쥐었다. 밀고 밀리는 형국이 용호상박이었다. 백여 합이 넘도록 싸워도 승부가 나지 않았다. 결국 유비가 징을 쳐 장비를 불러들였다.

"너는 도대체 말을 어디다 숨겨 놓았다는 것이냐?"

"근처 절에다 숨겨 놓았소. 만일을 대비해 우리도 힘을 비축해야 하지 않습니까?"

"내가 당장 돌려주겠노라 말하마."

유비가 여포에게 말을 돌려줄 테니 군사를 거두자고 청했다. 하지만 여포는 유비를 살려 두면 반드시 후환이 따른다는 진궁의 조언을 받아들여 거절했다. 그리고 이참에 유비를 없애고 소패를 빼앗을 생각으로 소패성을 포위했다.

유비 발등에 불이 떨어졌다. 여포를 맞아 이 작은 소패성에서 버틸 재간이 없었다. 책사 손건이 방법을 제시했다.

"여포와 관계가 가장 소원한 사람은 조조일 테니, 조조에게 의탁했다가 후일을 도모하시지요."

여포의 공세에 견딜 수 없게 된 유비는 소패를 버리기로 결심했다. 달빛조차 잠든 밤늦은 시각, 유비 일행은 조용히 북문을 빠져나왔다. 선봉에 선 장비가 포위망을 뚫고 진로를 확보하고, 쫓아오는 군사들을 관우가 따돌렸다. 그사이 유비 일행은 멀리 도망갔다.

"유비가 도망갔습니다!"

보고를 받은 여포는 여유로운 표정으로 말했다.

"굳이 죽이려고 쫓아갈 것까지 없다. 소패를 차지하지 않았느냐?"

여포는 소패를 휘하 장수에게 맡기고 서주로 돌아갔다.

그 시각, 소패에서 빠져나온 유비는 어둠을 뚫고 허도로 향했다. 의지 가지없는 가련한 신세라 한숨부터 나왔다.

"휴, 조조에게 의탁해 보자."

허도에 이르러 성 밖에 진을 친 유비는 손건을 안으로 들여보냈다. 자초지종을 듣고 난 조조가 흔쾌히 말했다.

"현덕은 내 형제와 다름없다. 함께 황건군을 무찌르고 함께 황실을 떠받드는 신하가 아니더냐. 당장 성안으로 들라 해라."

유비는 성으로 들어가 조조 앞에 머리를 조아렸다. 조조는 성대한 잔치를 열어 극진하게 대접했다.

잔치가 끝나자 모사 순욱이 조조를 찾아와 유비를 없애야 한다고 강력하게 말했다.

"유비는 신망 받는 영웅입니다. 지금 제거하지 않으면 훗날 반드시 화근이 될 것입니다."

이번에는 곽가†가 들어왔다. 곽가는 정반대 얘기를 했다.

"유비를 없애면 안 됩니다. 옛일을 생각해 보십시오. 주공께서는 의병을 일으키신 분 아닙니까? 도적을 물리치려고 의병을 일으켰다는 점에서 유비와 다르지 않습니다. 천하의 호걸들이 모두 찾아온다 해도 주공께서는 받아들인다 하셔야 큰 힘을 얻을 수 있습니다. 유비는 일찍이 영웅으로 불렸던 자입니다. 이제

곽가는 조조 밑에 있던 주요 모사 가운데 한 사람이야. 순욱과 동향이라 그의 추천으로 조조의 사람이 되었지. 그는 뛰어난 두뇌로 사물을 날카롭게 파악했어. 젊은 나이에 요절하는 바람에 조조가 두고두고 그의 부재를 안타까워했단다.

곤궁한 처지가 되어 찾아왔는데 없애 버린다면 누가 주공을 찾아오겠습니까? 멀리 내다보셔야 합니다.”

“그렇다! 그대의 말이 바로 내 뜻이다. 내가 오히려 유비에게 상을 주리라.”

조조는 황제에게 표문을 올려 유비를 예주 목사로 천거했다. 그러자 정욱이 들어와 의견을 전했다.

“주공, 유비에게 힘을 실어 주시면 안 됩니다. 남의 수하로 있을 사람이 아니기에 당장 제거해야 합니다.”

“아니다. 천하의 영웅을 모아야 할 시국에 유비 같은 영웅을 죽여서 천하를 잃을 수는 없다.”

조조는 군사 삼천 명과 양곡을 지원해 유비가 예주를 맡아 다스릴 수 있게 배려했다. 이에 감동한 유비는 예주에 부임해 자리를 잡고 군사를 정비했다. 그러고 나서 조조에게 함께 여포를 치겠다고 약속했다.

마침내 군사를 일으키기로 약조한 날이었다. 각오를 다지고 출전하려 할 무렵 형주 자사 유표와 결탁한 장수†가 가후†의 도움을 받아 반란을 일으켰다는 소식이 들어왔다. 완성에 진을 치고 궁궐로 쳐들어가 어가를 탈취하겠다고 했다는 것이다. 그대로 둘 수 없어서 조조가 토벌하려 하는데 그 틈을 노리고 여포가 치고 들어올까 싶어 마음에 걸렸다. 이미 여포의 습격에 허를 찔린 적이 있었기 때문이다.

이때 순욱이 꾀를 냈다.

“차라리 여포에게 벼슬을 내리십시오.”

"쳐 죽여도 모자랄 판에 벼슬을 주라고?"

"여포는 원래 탐욕이 많은 자입니다. 벼슬을 주고 유비와 친하게 지내라고 하면 기뻐서 뒷일 같은 건 생각하지 않을 것입니다."

"그래, 그럴듯한 계책이다."

조조는 여포에게 벼슬을 내린 뒤 장수를 치기 위해 십오만 군사를 이끌고 세 갈래 길로 나아갔다.

장수는 동탁 수하의 장수 장제의 조카야. 장제가 죽고 나자 그 무리를 그대로 물려받아 완성에 주둔했어. 정사에 의하면 장수는 나중에 조조에게 항복한 뒤 큰 공을 세운단다.

가후는 처음에는 이각·곽사의 모사였어. 이각과 곽사를 설득해 장안을 공격하게 했고, 나중에 장수의 모사가 되어서는 계책을 세워 조조를 대파하지. 그러다가 훗날 조조의 모사가 되었어

6
원술이 혼나다

조조가 이끈 대군은 완성 부근에 진지를 세웠다. 조조의 대군을 본 모사 가후가 장수에게 간절히 말했다.

"조조가 엄청난 대군을 거느리고 왔습니다. 싸워서 목숨을 위태롭게 하느니 항복해 훗날을 기약하는 게 낫겠습니다."

"그래, 그대 말이 옳다. 가서 교섭을 하도록 하게."

가후는 조조를 찾아가 항복의 뜻을 전하면서 현란한 언변으로 조조를 감탄케 했다. 그러자 조조가 항복을 받아들인 뒤 가후에게 말했다.

"자네처럼 언변 좋고 지략이 출중한 자가 내 밑에 있으면 좋으련만.

어떤가, 내 곁에서 나를 돕는 게?"

"말씀은 감사하나 이 몸은 이미 이각의 수하로 있으면서 천하에 큰 죄를 지었습니다. 그리고 지금은 장수 밑에 있는 몸입니다. 장수는 내가 하자는 대로 따르고 내 계교를 다 들어줍니다. 어디 가서 이런 보람을 찾겠습니까? 승상의 제의는 고맙지만 의리를 저버릴 수는 없습니다."

"그대의 주인인 장수가 부럽구나."

다음 날 조조는 군사들을 거느리고 완성으로 들어갔다. 장수는 조조를 위해 성대한 잔치를 베풀었다. 대접을 잘해 조조와 좋은 관계를 유지하려 애쓴 것이다.

성에 머무는 동안 조조는 하는 일 없이 날마다 잔치를 벌여 술에 취하기 일쑤였다. 그러면서 부하들에게 넌지시 일러 기녀를 찾았다.

눈치를 챈 조카 조안민이 말했다.

"지난밤에 우연히 어떤 부인을 보았는데 경국지색이라 할 만큼 예쁜 여인이었습니다."

"그 여인이 누구더냐?"

"알아보니 장수의 숙부인 장제의 처라 했습니다."

"그럼 어디 데려와 봐라."

군사들이 장제의 아내를 데려왔다. 과연 미모가 뛰어난 여인이었다.

조조가 가까이 불러 물었다.

"그대는 성이 무엇인가?"

"장제의 처 추씨입니다."

장제는 이미 남양에서 화살에 맞아 죽었기에 과부가 된 여인이었다.

조조는 만족해하며 그 여인과 잠자리를 같이했다. '영웅은 여색을 좋아한다.'는 옛말 그대로 조조 역시 여인에 심취해 전장에 나와 있으면서도 여인과 노니느라 시간 가는 줄 몰랐다.

하루는 추씨가 조조에게 말했다.

"성안에 계속 있으면 눈치가 보입니다. 사람들이 공연히 쑥덕거릴 것이니……."

"그러면 나와 함께 성 밖으로 나가자."

조조는 추씨를 성 밖에 있는 영채로 데려갔다. 그리고 아무도 들이지 말라 이르고 대장군 막사에서 추씨와 즐거운 시간을 보냈다.

그러나 불을 땐 굴뚝에서는 연기가 나는 법이다. 그 소문이 장수의 귀에 들어갔다. 자신의 숙모가 조조와 바람이 났다는 말을 듣고 열불이 나지 않을 수 없었다.

"이 도적놈이 내가 항복까지 했는데 나를 능멸하는구나! 가후, 가후 어디 있느냐?"

모사인 가후가 사정 이야기를 듣고 잘하면 조조를 죽일 수도 있겠다 생각하고 장수에게 귀엣말로 계책을 일러 주었다.

"준비를 잘하기만 한다면 엉뚱한 데 정신이 팔려 있는 조조를 잡는 건 식은 죽 먹기라……."

조조 제거에 가장 큰 걸림돌은 조조를 호위하는 전위라는 장수였다. 전위는 힘이 장사에다 쌍철극을 사용했는데 그 실력이 대단하여 쉽사리 조조에게 접근할 수가 없었다. 그리하여 장수는 가후에게 전위를 청해 술을 먹인 뒤 쌍철극을 숨겨 두라고 일렀다.

그날 밤 조조는 여느 날과 마찬가지로 대장군 막사에서 추씨와 술을 마시며 즐거운 시간을 보냈다. 별빛 밝은 이경쯤 되었을 때 신호와 함께 장수의 습격이 시작되었다. 먼저 사방팔방에 불을 질러 군사들이 정신을 차릴 수 없게 만들었다.

불이 난 것을 알고 조조가 대범하게 말했다.

"군사들이 실수로 불을 낸 모양이니 빨리 꺼라."

그러나 불이 점점 커지고 군사들의 움직임이 심상치 않게 돌아가자 사태의 심각성을 깨달았다.

"전위를 불러라! 전위, 전위는 어디 갔느냐?"

조조는 본능적으로 자신이 위험하다는 것을 알았다. 몹시 취해 곯아떨어졌던 전위가 벌떡 일어나 조조를 구하러 달려갔다. 하지만 자신의 무기인 쌍철극이 아무리 찾아도 손에 잡히지 않았다.

"내 쌍철극을 어디 뒀느냐?"

장수의 군사들은 진지 안으로 들어와 조조의 군사들을 사정없이 유린했다. 기병들은 긴 창으로 닥치는 대로 찔러 댔고, 보병들은 칼날을 번뜩이며 사정없이 내리쳤다. 무기 없이 나선 전위는 맨손으로 기병들을 막았다. 그러나 갑옷도 제대로 갖춰 입지 않고 무기도 변변치 않아 날아드는 화살을 막을 길이 없었다. 그런데도 전위는 초인적인 힘으로 조조 앞을 막아섰다. 마침내 화살에 맞고 창에 찔린 전위는 피투성이가 되어 쓰러졌다.

전위가 온몸으로 버텨 시간을 버는 틈에 조조는 말을 타고 재빨리 도망쳤다. 조카 조안민은 말이 없어 달음박질로 조조를 쫓아갔다. 빗발처럼 날리던 화살 하나가 조조의 오른팔에 꽂히고 말에게도 세 발이 꽂혔다. 하지만 장수의 군사들이 쫓아와 상처를 돌볼 겨를이 없었다. 달려오던 조카는 장수의 군사들에게 목이 달아나 보이지 않았다. 조조는 말을 강물로 몰아 간신히 언덕으로 올라갔다. 그 순간 날아온 화살이 말의 눈에 박혀 말이 쓰러지고 조조는 바닥에 나뒹굴었다.

어느 틈에 맏아들 조앙이 달려와 조조를 부축했다.

"아버님, 제 말에 오르십시오!"

조조의 진지는 온통 불바다였다. 어디로 가든 먼저 목숨을 건지고 볼 일이었다. 조조는 아들의 말을 타고 허둥지둥 도망가 목숨을 보전했다. 하지만 아들 조앙은 끝내 적의 화살에 맞아 죽고 말았다. 죽을 둥 살 둥 도망쳐 간신히 위기에서 벗어난 조조는 남은 군사들을 수습했다.

그 무렵 하후돈이 거느리고 있던 청주 군사들이 백성들의 재물을 탐하고 노략질을 일삼았다. 이들은 사실 황건군의 잔당이었다가 조조 군에 편입된 자들이었다. 그래서 장수가 엄히 감독하지 않으면 군사로서의 본분을 잊고 툭하면 도적질을 했다.

조조의 부하 장수 우금†은 이런 사실을 알고 군사를 끌고 가 청주 군사들을 보이는 대로 잡아 죽여 백성들을 위로했다. 이는 제삼자의 눈으로 보면 아군이 아군을 죽인 반역이고 배신이었다. 그 와중에 살아남은 청주 병사가 조조에게 달려와 이런 사실을 알렸다.

"우금이 배신했습니다. 청주 군사들을 모조리 죽이고 있습니다."

조조는 불같이 화를 냈다. 그때 하후돈과 허저를 비롯한 장수들이 군사를 수습해 달려왔다.

"우금이 아군을 죽이는 배신을 저질렀다. 도 저히 용서할 수 없다!"

조조가 노기등등하여 휘하 장수들을 거느 리고 달려왔다. 때마침 우금은 군사들을 거느 리고 조조를 향해 달려가다 장수의 군사들이 조조를 잡기 위해 뒤를 쫓는다는 사실을 알았 다. 우금은 곧바로 영채를 설치하고 적을 맞을 태세를 갖추었다.

"승상께서 장군이 배신한 줄 알고 군사를 몰고 오는데 얼른 사실을 알려야 하지 않겠습 니까? 왜 싸울 준비부터 하십니까?"

부하 장수가 걱정스레 말하자 우금은 고개 를 저었다.

"아니다. 지금 적들이 승상 뒤를 쫓아온다고 하지 않느냐? 승상을 보호하기 위해 우리가 적을 물리칠 준비부터 해야 한다. 적부터 치는 것이 우선이다."

우금이 진지를 구축하고 나자 장수의 군사 들이 조조를 쫓아 달려오는 모습이 보였다. 우 금은 기다렸다는 듯이 적군을 기습해 전열을 흐트러뜨렸다. 조조만 보고 쫓아오던 장수는

우금은 조조에게 의탁해 점군사마 로 임명된 부하 장수야. 조조를 따 라 여러 차례 전쟁에 나서서 장요, 서황 등과 어깨를 나란히 한 용장 이지.

당황했다. 예기치 못한 반격에 속수무책으로 당한 것이다. 조조의 군사들도 그제야 사태를 파악하고 장수의 군사들에 맞섰다.

"항복을 하고도 비열하게 공격한 장수의 목을 베라!"

우금의 명에 따라 군사들이 장수를 쫓았다. 장수는 공격다운 공격도 못 해 보고 패잔병을 이끌고 유표에게 도망쳤다.

"휴, 살았구나."

한숨 돌린 조조가 비로소 군사들의 상황을 파악할 때 우금이 앞으로 나섰다.

"승상께서 무사하셔서 다행입니다."

"그대는 무슨 연유로 청주 병사들을 죽이는 배신을 저질렀느냐?"

조조가 날카로운 눈매로 물었다.

"그건 사실이 아닙니다. 청주 군사들이 본분을 잃고 노략질을 일삼아 민심을 잃었습니다. 그대로 두면 큰일 나겠다 싶어 제가 단호하게 처단했을 따름입니다."

"나를 배신한 것이 아니었느냐?"

"승상, 제가 그럴 리가 있습니까?"

"그렇다면 나를 맞을 생각은 않고 왜 영채를 세웠느냐?"

"적들이 쫓아오기에 승상을 맞이하는 것보다 적을 물리치는 것이 더 급선무라 여겼습니다."

그제야 조조는 앞뒤 사정을 이해하고 의심을 풀었다.

"그대는 뛰어난 장수로다. 남들이 모략하는 데도 개의치 않고 군사를 정비하여 나를 구하고 승리를 거두었다. 과거의 어떤 명장도 그대와 같은 공을 세운 적이 없도다."

조조는 우금에게 큰 상을 내리고, 군사들을 제대로 다스리지 못한 죄를 물어 하후돈을 책망했다.

모든 상황이 정리되자 조조는 정갈한 제상을 차려 전위를 위한 위령제를 올렸다. 정성 어린 제를 올리는 동안 조조는 하늘을 우러러 흐느끼며 울부짖었다.

"나는 아들과 조카를 잃었다. 하지만 나는 아들과 조카 때문에 눈물을 흘리는 것이 아니다. 오로지 전위, 그대를 생각하니 슬픔을 걷잡을수가 없구나. 오! 전위, 전위여! 그대의 영혼을 위로하노라!"

조조는 울음을 그치지 않았다. 이를 본 부하 장령들이 감동에 북받쳐 함께 서럽게 흐느꼈다. 난세의 간웅인 조조 입장에서 부하 장수들을 단속하는 데 이보다 더 좋은 무대는 없었다. 아들과 조카가 죽어 슬프겠지만 장수를 더 귀하게 여기는 모습을 보이는 것이 대업을 이루는 데 더 큰 도움이 되었기 때문이다. 휘하 장수와 군사들이 하나같이 눈물을 흘리며 조조에게 충성을 다짐했다.

조조는 허도로 돌아가며 깨달았다. 한순간 여색에 빠진 값치고는 너무나 혹독한 대가를 치렀다고.

한편, 조조의 명에 따라 여포에게 조정의 조서가 전해졌다. 여포를 평동장군으로 임명한다는 내용이었다.

"으하하하, 내가 드디어 벼슬다운 벼슬을 하는구나!"

여포는 기분이 좋았다. 천하의 영웅인 조조가 자신을 알아봤다는 사실도 기뻤다.

이때 원술이 사자를 보내왔다. 원술과 여포 사이에는 아직 해결되지 않은 문제가 있었다. 바로 혼사 건이었다.

"어쩐 일로 나를 찾아왔느냐?"

"원공께서 조만간 황제에 오르려 하십니다. 황제에 오르시면 아드님께서 동궁에 오르시니 동궁비가 될 따님을 하루빨리 보내 달라는 전갈입니다."

사자의 말에 여포가 버럭 화를 냈다.

"뭐라? 황제께서 엄연히 살아 계신데 황제에 올라? 대역무도한 놈이 감히 나에게 반역에 동조하라는 것이냐?"

여포는 그 자리에서 사자의 목을 베어 버렸다. 그리고 진등에게 가두어 두었던 원술의 사자 한윤을 허도로 압송토록 하고, 조조에게 감사의 뜻을 전하라고 일렀다.

소식을 전해 들은 조조는 무척 기뻐했다. 그런데 생각지도 않게 여포의 사자로 온 진등이 조조에게 은밀한 계책을 전했다.

"아시다시피 여포는 길들지 않는 승냥이 같은 자입니다. 용맹하기로는 따를 자가 없지만 행동을 가볍게 하며 배신을 일삼습니다. 승상 앞길에 장애가 될 터이니, 이참에 제거하시는 것이 어떻겠습니까?"

조조는 여포의 심복인 진등이 제 입으로 여포를 제거하자는 계책을 내놓자 속으로 무릎을 쳤다. 이 기회를 잡으면 여포를 확실히 제거할 수 있을 것 같았기 때문이다.

"맞는 얘기요. 여포는 참으로 다루기 힘든 이리와 같소. 그렇지만 그대 부자가 내부 사정을 알려 준다면 큰 뜻을 이룰 수 있지 않겠소? 앞으로도 나를 많이 도와주시오."

"승상께서 원하신다면 안에서 내통해 정보를 드리겠습니다."

조조 입장에서 여포의 속사정을 손바닥처럼 들여다볼 수 있는 기회가 온 것이다.

"내 그대에게 큰 상을 내리겠노라."

조조는 진등의 부친 진규에게 녹봉 이천 석을 내리고, 진등은 광릉 태수로 임명했다.

"꼭 다시 만나도록 합시다."

조조는 신신당부하며 진등을 떠나보냈다.

진등이 서주로 돌아오자 여포가 바로 불렀다.

"그래, 승상이 뭐라 하더냐? 내가 원술이 보낸 사자의 목을 베고 혼사를 거절했다고 했더니 승상이 좋아하더냐?"

"좋아하셨습니다. 게다가 저의 아비는 녹봉 이천 석을 받으셨고, 저는 광릉 태수가 되었습니다."

그 말에 여포가 돌변해 눈을 부라렸다.

"이놈! 네 아비의 말을 듣고 황제의 동궁비가 될 수 있었던 우리 딸의 혼사를 거절했는데, 네놈은 나를 이용해 조조에게 벼슬을 얻어? 그리고도 네놈이 내 사람이라 할 수 있느냐?"

여포가 성을 내자 진등이 웃으며 말했다.

"하하하, 장군께서는 어찌해 한 치 앞을 못 내다보십니까?"

"무슨 소리를 하는 게냐?"

원술

원술은 4대가 삼공에 오른 명문 집안의 적자로 태어났어. 원소는 그의 이복형일 뿐이야. 조조와 마찬가지로 효렴으로 천거되어 낭중(郎中)으로 관직 생활을 시작했어. 그러다 하진이 십상시에게 살해당하는 혼란기에 반동탁 연합군에 들어가지만 형인 원소가 세력을 얻는 것을 마땅치 않게 여기며 반목하여 결국 불행을 자초하게 되지.

평소 사치스럽고 오만하며 가혹하게 세금을 걷어서 민심을 얻지 못했어. 훗날 황제가 되려는 욕심을 실현해 197년 스스로 제위에 오르고 국호를 중(仲)이라 했어. 하지만 천성은 어쩌지 못하고 방탕해 첩이 수백 명에 비단을 두르지 않은 이가 없었으며, 양곡과 고기를 질릴 정도로 먹었다고 해. 백성들은 기아에 허덕이는데도 이를 보살피지 않은 결과는 보지 않아도 알만하지.

"제가 조조에게 말했습니다. 여 장군은 주변에 있는 조무래기들을 한 칼에 정리할 수 있는 매와 같은 존재라고 말입니다."

"주변의 조무래기가 누구를 말하는 게냐?"

"회남의 원술과 강동의 손책, 기주의 원소, 형주의 유표, 익주의 유장, 한중의 장로 같은 자들이 모두 장군의 먹잇감이 아니고 무엇이겠습니까? 그 말을 듣고 승상께서 고개를 끄덕이며 맞다고 하셨습니다."

여포는 갑자기 기분이 좋아졌다.

"그렇지. 내가 그자들은 한꺼번에 정리할 것이야!"

단순한 여포는 조조가 자기를 인정했다는 말에 기분이 날아갈 듯 상쾌해졌다. 하지만 기분이 좋아 마음을 놓을 때 위기가 닥치는 법이다. 분통을 다스리지 못한 원술이 대군을 이끌고 여포를 치러 왔다.

원술은 손에 들어온 옥새를 어떻게든 써 먹으려는 마음이었다. 바로 황제가 되고자 한 것이다. 휘하 장수들은 물론 주변 사람들의 숱한 반대를 무릅쓰고 전국새를 갖고 있으니 자기야말로 하늘의 뜻을 이어받아 황제에 올라야 한다며 반대하는 자는 목을 베겠다고 선언했다. 그리고 마침내 나라 이름을 중(仲)이라 정하고 황제에 올랐다. 벼슬 직제도 개편하고, 황제의 위용에 걸맞게 용봉연(황제가 타는 가마)을 타고 궁을 출입했으며, 천자처럼 천지신명에게 제사를 올렸다.

그렇게 위신과 권위를 세웠는데 여포에게 혼사를 거절당하자 자존심이 상했다. 게다가 자기가 보낸 사자를 죽였다는 말에 대로하여 여포를 치기로 작정하고 군사를 이끌고 나선 것이다.

여포는 정신을 차리고 군사들을 보내 원술 군의 움직임을 살폈다. 그런 다음 수하 장수들과 대책 회의를 했다.

여포가 진궁에게 물었다.

"이십만 대군이 일곱 갈래로 나누어 서주로 향하고 있다는 보고가 들어왔다. 어찌하면 좋겠는가?"

진궁은 교묘하게 진등 부자를 걸고 넘어졌다.

"일이 이렇게 꼬인 것은 전적으로 진규와 진등 부자 때문입니다. 진규 때문에 혼사가 어긋나고, 진등은 조정에 아뢰어 자신들의 녹봉을 책정하고 재앙을 불러왔습니다. 진규 부자의 목을 쳐서 원술에게 보내면 오해가 풀릴 것입니다."

단순한 여포는 곧바로 진규와 진등 부자를 끌어오라고 명령했다.

"서주를 위험에 빠뜨린 너희들의 죄를 알렷다!"

여포의 호령에도 진등은 눈썹 하나 까딱하지 않았다.

"장군이 이렇게 소심한 겁쟁이인 줄 몰랐소이다."

"죽음을 앞둔 마당에 터진 입이라고 함부로 지껄이는 게냐?"

"들어 보십시오. 원술의 군사들이 도대체 어떤 자들입니까? 황건적 무리에다 오만 잡놈들을 모아 놓은 오합지졸 아닙니까? 숫자만 많았다 뿐이지 별것 아닙니다. 그들이 장군의 적수라도 된다고 이렇게 두려워하시는 겁니까?"

듣고 보니 아주 틀린 말은 아니었다.

"그렇다면 달리 대책이 있다는 것이냐? 계책을 말하라."

"제 말대로 하신다면 아무 근심이 없습니다. 원술의 군사들은 오합지졸에 군기도 제대로 서 있지 않습니다. 장군의 훈련된 군사들이 정식으로 맞서 대응하고 간간이 기습 공격을 취하면 승리는 의심할 여지가 없습니다."

"겁내지 말고 맞서 싸우라는 얘기냐?"

"예! 그리고 달리 계책도 있습니다. 원술의 신하인 한섬과 양봉은 원래 한나라 조정의 신하입니다. 조조가 무서워 도망가 원술에게 의탁하고 있을 뿐이지요. 그들과 내통해 도움을 받으면 큰 이득이 있을 것이고, 또한 유비와 원술의 사이가 좋지 않으니 유비에게 도움을 청하면 결코 마다하지 않을 것입니다."

조조와 내통한 자가 또 다른 내통을 권유하는 꼴이었다.

"좋다. 그러면 네 죄를 묻지 않을 테니 네가 직접 한섬과 양봉을 회유하라."

"말을 꺼냈으니 제가 꼭 성사시키겠습니다."

여포는 진등의 계책대로 유비에게 사람을 보내 도움을 청하고, 허도에 표문을 올려 황제와 승상 조조에게 이런 사실을 알렸다. 진등은 곧장 하비로 달려가 진을 치고 있는 한섬을 찾아갔다.

"한섬 장군, 내가 뵙기를 청했습니다."

"그대는 여포의 심복 아니오?"

진등이 웃으며 말했다.

"여포 따위가 누굽니까? 나는 한나라 신하일 뿐입니다. 여포의 심복이라니, 그건 나를 모독하는 말씀입니다. 그렇다면 장군은 원술의 신하입니까?"

한섬이 말을 못 하고 가만히 있자 진등이 말을 이었다.

"장군이야말로 나처럼 한나라 조정의 신하 아닙니까? 참으로 안타깝고 신세 따분하게 되었소이다. 원술은 간사하고 의심이 많아 언젠가는 장군 목숨이 위험해질 텐데, 지금이라도 대책을 세우고 잘못된 것을 바로잡아야 하지 않겠습니까?"

"그대 말이 맞소. 나 또한 조정으로 가고 싶지만 갈 기회가 주어지지 않는 걸 어쩌겠소?"

"그럴 줄 알고 내가 찾아왔습니다."

진등이 여포의 밀서를 보여주자 한섬이 빠르게 읽고 나서 말했다.

"무슨 뜻인지 알겠소. 내가 양 장군과 함께 안에서 불을 놓아 신호를 할 테니 그때 여 장군께 치고 들어오라 알려 주시오."

"알겠습니다. 실수 없도록 조심하시기 바랍니다."

진등의 계교에 따라 한섬과 여포가 손을 잡았다. 일곱 갈래로 공격해 들어오는 원술의 군사를 맞아 여포는 각 장수들에게 방어에 틈을 보이지 말라 이르고, 자신은 몸소 군사를 거느리고 서주로 들어오는 원술의 수하 장수 장훈을 대적하기로 했다.

여포는 성 밖 삼십 리 떨어진 곳에 진을 쳤다. 적장 장훈은 후원군이 올 때까지 기다리느라 여포의 진지에서 이십 리 떨어진 곳에 진을 치고 대치했다. 그날 밤, 약속대로 한섬과 양봉이 진지 내에 불을 질렀다. 장훈의 진지에서 불길이 치솟자, 여포가 때를 놓치지 않고 군사를 몰아 쳐들어갔다.

"불길이 솟았다! 모두 쳐 죽여라!"

갑작스러운 공격에 장훈의 군사들은 당황했다. 밤새도록 피가 튀는 살육전이 벌어졌다. 여포가 닥치는 대로 군사들을 짓밟자 장훈은 크게 패해 달아났다. 여포가 도망가는 적군을 추격하려는데 한 떼의 군사가 나타났다. 용과 봉황, 해와 달을 수놓은 깃발이 보였다. 바로 황제의 군대였다. 아니, 가짜 황제 원술의 군대였다. 비단옷을 입고 일산을 쓴 원술이 황금 갑옷을 입고 나타났다.

여포를 본 원술이 대로하여 소리쳤다.

"여러 주인을 잡아먹은 종놈! 오늘이 네 제삿날이다."

군사들 앞에서 모욕을 당한 여포는 불같은 기세로 방천화극을 휘두르며 나섰다.

"저자를 막아라!"

원술의 부하 장수 이풍이 나섰다.

"제가 여포의 목을 따 오겠습니다."

호기롭게 나섰지만 이풍은 여포의 상대가 되지 못했다. 그는 수합 만에 여포의 창에 찔려 쓰러졌다. 선봉이 맥없이 패하자 원술의 군사들은 기세가 꺾였다. 그 기회를 놓치지 않고 여포가 득달같이 달려들었다.

"반역의 무리를 쳐라!"

들불처럼 기세 좋게 밀어붙이는 여포의 공격에 원술의 군사들은 산지사방으로 흩어졌다. 원술은 남은 군사를 이끌고 정신없이 도망쳤다. 엎친 데 덮친 격으로 관우의 군대마저 들이쳤다. 유비가 보낸 군사들 중 발 빠르게 관우가 먼저 도착한 것이다.

"역적은 도망가지 말고 게 서라!"

벼락같은 관우의 호령에 원술은 혼이 나갈 지경이라 황제의 채신머리도 없이 혼자 도망치기 바빴다. 싸움에서 참패한 원술은 패잔병을 이끌고 회남으로 돌아갔다.

여포는 관우와 한섬, 양봉의 공을 치하하는 한편 성에 돌아와 큰 잔치를 벌였다. 이튿날 관우가 예주로 돌아가자, 여포는 한섬과 양봉을 서주에 머무르게 하려 했다. 그러나 진규의 의견은 달랐다.

"그것보다 한섬과 양봉을 산동으로 보내십시오. 그러면 그들이 공을 세우려고 일 년 안에 그 근방 지역을 평정할 테니, 산동 지역이 장군의 손안에 들어올 것입니다."

"오호, 그거 좋은 생각이다. 한섬과 양봉은 맹장이니 충분히 공을 세울 것이야."

여포는 진규의 말대로 한섬과 양봉을 산동으로 보내고 황제의 은혜로운 명령을 기다리라고 일렀다. 한섬과 양봉이 신바람을 내며 임지로 떠나자 진등이 부친에게 은밀히 물었다.

"이건 무슨 계책입니까? 저자들을 회유해 여포를 죽이는 것이 낫지 않습니까?"

진규가 대답했다.

"그렇지 않다. 한섬과 양봉도 배신한 자들 아니냐? 배신을 밥 먹듯 하는 자들끼리 배짱이 맞으면 오히려 우리가 당하는 수가 있다. 지금은 승냥이들을 떼어 놔야 해."

"그렇군요. 아버님께 한 수 배웠습니다."

여포가 승리에 취해 있을 때 회남의 원술은 부르르 떨며 땅을 치고 분통을 터뜨렸다.

"내 반드시 여포를 죽이고 말리라! 무슨 수를 써서든 다시 군사를 일으킬 것이야."

그때 한 신하가 조언을 했다.

"손책의 힘을 빌리십시오. 그자는 젊은 데다 그사이 엄청난 군사력을 길렀다 하옵니다."

"그래, 손책이 있었지. 전에 내가 군사를 빌려주었으니 모른 체하지는 않을 게야."

원술은 급히 편지를 써서 강동으로 사신을 보냈다.

원술의 편지를 본 손책은 몹시 화를 냈다.

"반역자 주제에 감히 내 옥새를 가지고 황제라 칭하더니 군사를 보내 달라고? 내가 군사를 몰고 가 목을 쳐도 시원찮을 판인데 어이가 없구나. 청을 거절한다고 전해라."

군사 요청을 거절하는 회신이 돌아오자 원술은 바드득 이를 갈았다.

"새파랗게 어린놈이 감히 내게 이럴 수 있단 말인가? 이놈부터 없애지 않으면 잠을 잘 수 없겠다. 당장 군사를 일으켜라!"

"지금은 안 됩니다. 힘이 빠진 상태에서 어찌 손책과 싸우려 하십니까? 분하지만 참고 기다리소서!"

흥분해 입에 거품을 문 원술을 신하들이 간신히 말렸다.

손책은 회신을 보낸 뒤 원술이 군사를 일으킬 줄 알고 대기하고 있었다. 그런데 조조의 꾀가 여기까지 미쳤다. 손책과 원술 사이가 나빠진 것을 알고 기다렸다는 듯이 사자를 보냈다.

"손책 공을 회계 태수로 봉하셨습니다. 군사를 일으켜 역적 원술을 치라 하십니다."

사자의 입을 통해 조정의 명령을 듣고 난 손책은 부하 장수들과 상의했다.

"자, 명분은 우리 것이 됐다. 원술을 치고 옥새를 빼앗을 기회가 온 것이야."

손책의 참모인 장소가 말했다.

"원술이 지난 싸움에서 패했다 하나 여전히 군사가 많고 양식도 충분합니다. 우리가 단독으로 공격한다면 피해를 가늠하기 어려울 것입니다. 조조는 우리가 싸우다 힘이 빠지기를 바라고 이런 명령을 내렸을 테니, 오히려 조조에게 서신을 보내십시오. 남쪽으로 군사를 끌고 내려와 원술을 치면 우리가 협공하겠다고 말입니다. 그렇게 해야 원술의 군사를 쉽게 물리칠 수 있고, 만일 전세가 불리하더라도 조조의 도움을 받을 수 있습니다."

"음, 이중으로 안전장치를 만든 좋은 생각이다."

장소의 말대로 손책은 조조에게 편지를 썼다.

손책의 편지를 읽고 난 조조는 그렇잖아도 원술의 군사들이 노략질을 일삼는다는 보고가 들어와 군사를 일으키려던 참이었다.

"좋다. 출정 준비를 하여라!"

허도에 최소한의 병력만 남겨 두고 군사를 모으자 십칠만 대군에 수레가 천여 대가 넘었다. 예나 지금이나 전쟁은 우호적인 국가들이 연합해 싸우는 일이 많았다. 조조는 손책은 물론이고 유비와 여포에게도 편지를 보내 함께 군사를 일으켜 원술을 치자고 제안했다. 누구도 원술을 치는 데 반대하지 않았다.

조조는 예주에서 유비를 만나 인사를 나누었다. 유비가 함을 들고 와 내려놓으며 말했다.

"머리 두 개를 바칩니다. 기뻐하실 겁니다."

"누구 머리요?"

함을 열자 놀랍게도 원술을 배신하고 여포를 도왔던 한섬과 양봉의 머리가 들어 있었다.

"이 목이 왜 유공의 손에 있소?"

"사연이 있습니다."

한섬과 양봉은 산동으로 간 뒤 맡은 땅을 잘 다스리기는커녕 군사들을 풀어 자신들의 배를 불리느라 노략질을 일삼았다. 힘껏 수탈하여 배 불리 먹고 저만 잘살겠다는 썩은 생각을 갖고 있었던 것이다. 백성들의 불만의 소리가 높아지자 보다 못한 유비가 두 사람을 제거해야겠다고 마음먹었다. 물론 여포의 속셈을 읽기도 했다.

"제가 한섬과 양봉을 불러 술을 먹자고 했습니다. 그들이 만취했을 때 제 두 동생이 잡아 죽이고 수하들에게 항복을 받았지요. 그래도 여포를 도와 원술을 치는 데 공을 세웠는데 목을 친 건 제가 좀 심했던 듯합니다. 용서해 주십시오."

말로는 용서해 달라고 했지만 유비는 조조에게 신호를 보낸 것이다. 대의명분은 자신의 것이고, 부드럽고 유한 것 같지만 백성을 거스르는 자는 가차 없이 목을 베는 결단력 있는 영웅임을 은근히 과시한 것이다. 조조는 매서운 눈빛으로 유비를 바라보다 곧 표정을 풀었다.

하후돈

한나라 개국 공신 하후영의 후손으로 조조가 군사를 일으킬 때부터 죽을 때까지 충성을 다한 조조의 충신이야.

조조가 서주에서 돌아와 여포를 칠 때 화살에 맞아 왼쪽 눈을 잃었어. 거울을 볼 때마다 자신의 모습에 화를 내며 거울을 땅에 내동댕이 쳤다고 해.

매우 충성스러웠고 조조도 크게 신임한 장수로 유명해. 어느 정도냐하면 조조의 수레에 동승하는 건 물론이고 침실까지도 자유롭게 드나들었지. 다른 장수들이 위나라 관직을 받을 때 혼자만 여전히 한나라 관직을 고수하기도 했어. 이는 조조를 한나라의 충신으로 여기고 싶은 마음이 있었기 때문인 것 같아.

"하하하, 그게 어찌 죄란 말이오? 백성을 수탈하고 배신을 밥 먹듯 하는 자들의 목을 친 것은 큰 공이오. 그대가 영웅인 것은 일찍이 알고 있었소."

조조는 유비의 공을 치하한 뒤 함께 서주로 향했다. 서주에서는 여포가 반가이 맞아 주었다. 유비가 한섬과 양봉의 목을 베었다고 하자 여포도 기뻐했다. 손 안 대고 코를 풀었다고 생각했기 때문이다.

그때 여포가 조조에게 물었다.

"저를 언제 서주 목사로 임명해 주십니까?"

"걱정 마시오. 싸움이 끝나는 대로 허도로 돌아가 황제께 아뢰어 임명해 주겠소."

"감사합니다!"

"자, 이제 원술을 칠 궁리를 해봅시다."

조조의 군사가 가장 많기에 중앙군을 맡고, 여포의 군사는 좌군, 유비의 군사는 우군이 되어 원술을 치기로 했다. 원술은 조조가 싸움을 걸어오자 군사를 이끌고 나가 수춘 지역의 경계에서 마주했다. 그러나 첫 싸움부터 단추를 잘못 꿰었다. 교유가 나섰지만 삼 합도 못 버티고 조조의 장수 하후돈의 창에 찔려 죽고 말았다. 사기가 떨어진 군사들은 패하여 도망갔다.

"무엇이? 첫 싸움에서 졌다고?"

원술이 분통을 터뜨릴 때 또 비보가 전해졌다.

"황제 폐하, 손책이 배를 타고 서쪽으로 쳐들어왔습니다!"

또 다른 쪽에서도 연락이 들어왔다.

"여포가 동쪽을 공격해 왔습니다!"

그뿐이 아니었다. 유비와 관우, 장비가 남쪽을 친 것이다. 조조가 북쪽에서 공격해 들어왔으니 산지사방을 적들이 둘러싼 셈이었다.

원술은 애간장이 탈 지경이었다. 대책을 강구하는 자리에서 장사 양대장이 말했다.

"이곳 수춘은 홍수와 가뭄이 번갈아 드는 곳입니다. 여기서 군사를 일으키면 민심을 얻지 못해 적과 맞서 싸우기 어렵습니다. 오로지 성을 지키면서 전투를 피하고 시간을 끄는 게 좋겠습니다. 저들은 대군입니다. 양식이 부족할 것입니다. 양식이 떨어지고 상황이 무르익은 다음에 치는 것이 좋겠습니다."

원술은 부하들에게 수춘성을 지키라고 이른 뒤 자신은 적의 기세를 피해 서둘러 회수를 건넜다. 양대장의 예측대로 십칠만의 군사가 먹어 치우는 양식은 어마어마했다. 게다가 그해에 흉년이 들어 양곡을 조달하기도 막막했다. 수춘성을 함락시켰다면 별문제지만, 성을 닫아걸고 꼼짝 않는 적을 상대로 한 싸움은 이렇다 할 진척 없이 시간만 흘러 양식이 바닥을 드러냈다.

이때 조조가 간웅의 면모를 드러내는 사건이 있었다.

조만간 양식이 떨어질 기미를 보이자 군량 담당자 왕후가 조조에게 보고했다.

"승상, 군사는 많고 양식은 적습니다. 이대로 가면 곧 양식이 떨어집니다. 어찌하오리까?"

"양식의 배급량을 줄여라."

"그러면 군사들의 원망을 살 것입니다. 사기는 땅에 떨어지고요."

"내게 다 생각이 있으니 내 말대로 하라."

그날부터 배급하는 양식이 대폭 줄었다. 군사들의 원성이 자자할 수밖에 없었다.

"이걸 먹고 싸우란 말이야?"

"성문이 꿈쩍도 않는데 어떻게 성을 함락시켜 성안에 있는 양식을 먹는단 말이야?"

원망이 하늘을 찔렀다. 더 놔두면 큰일 날 것 같은 상황에서 조조가 왕후를 불러 놓고 다짜고짜 말했다.

"이 사태를 해결할 방법이 있다."

"그 방법이 무엇입니까?"

"너의 목이 필요하다."

"무슨 잘못을 저질렀다고 저의 목을 치려 하십니까?"

"네가 죄가 없다는 건 잘 알고 있다. 하지만 군사들의 마음을 다독이려면 네 목이 필요하다. 걱정하지 마라. 네 처자들은 잘 돌봐 줄 테니."

도부수가 왕후를 끌어내 목을 쳤다. 그 목을 장대에 높이 매달자 조조가 군사들 앞에 나서서 말했다.

"왕후라는 놈이 너희들에게 돌아갈 양곡을 빼돌리고 제멋대로 배급량을 줄였다. 이에 군법에 따라 처형했으니 그리 알라!"

그제야 군사들은 고개를 끄덕였다.

"그러면 그렇지, 승상께서 우리를 굶길 리가 없지."

"맞아! 그러니 밥 많이 먹고 힘내자고."

말을 그럴듯하게 잘하거나 용모가 번듯하다고 해도 질투하고 인색하고 간사하고 교활한 사람은 훌륭한 인물이 못 된다. 그런데 바로 그런 성품을 지닌 조조는 달랐다.

"자, 이제 갈 데까지 갔다. 며칠 내로 수춘성을 함락하지 못하면 우리 모두 죽어야 한다. 물러서는 자는 참형에 처하겠다. 공격하라!"

조조는 눈에 핏발을 세웠다. 성을 함락시키지 못하면 굶어 죽을 판이었다. 조조가 직접 전장에 나서서 다그치자 모든 군사들이 성벽에 달라붙었다. 화살과 돌멩이와 끓는 물과 기름이 쏟아지는 가운데 군사들은 쉬지 않고 흙과 돌을 날라 해자(성 주위에 둘러 판 못)를 메웠다. 병사가 쓰러지면 쓰러진 병사 위로 흙을 돋워 성벽 높이만큼 흙담을 쌓아 올렸다. 그리고 죽기 살기로 성을 공략했다. 핏발 선 조조 군을 본 수춘성 군사들은 겁에 질렸다.

"저놈들은 악마다!"

기세등등한 조조 군은 성벽을 넘어 성문을 열었다. 대병력이 물밀듯이 성안으로 빨려들어 갔다. 원술의 장수들은 체포되어 목이 달아났다. 수춘성 안을 둘러본 조조는 혀를 찼다. 원술이 황궁을 본떠 만든 궁실이며 전각, 관아 등이 모두 황제 아닌 자들에게 금지된 것들이었다.

"쓰레기 같은 저것들을 불태워라!"

수춘성에 불길이 치솟았다. 황제가 되고자 했던 원술의 꿈이 무참히 짓밟히는 순간이었다. 조조는 회수를 건너간 원술을 내처 치려 했지만 아직 결단을 내리지 못했다. 지독한 흉년이라 군사들을 배불리 먹일 수 없었기 때문이다.

순욱은 다음 기회를 노리자고 말했다.

"내년 봄에 보리가 익으면 다시 오시지요. 백성들의 고초가 몹시 심합니다."

조조가 결단을 못 내리고 있을 때 전령이 도착했다.

"달아났던 장수가 유표와 함께 반란을 일으키고, 남양과 강릉에서 반군들이 들고일어났습니다. 조홍이 막지 못해 지금 위기에 빠졌습니다."

조조는 그날로 군사를 돌려 돌아가기로 결정했다. 그리고 유비를 조용히 불러 말했다.

"여포와 형제처럼 지내시오. 함정을 파 놓고 범이 걸려들기를 기다리는 마음으로. 진규 부자와 상의해 기회를 보도록 하시오."

출정했던 모든 군사들이 각자 본거지로 돌아갔다. 큰 변동 없이 원술의 예봉만 꺾고 싸움이 끝난 것이다.

7
궁지에 몰린 여포

　서주는 온통 잔치 마당이었다. 작은 기반을 마련한 여포는 신이 나서 툭하면 잔치를 베풀고 부어라 마셔라 즐기기에 바빴다. 진규 부자는 속셈이 있는지라 여포가 술 먹고 놀도록 부추겼다. 옆에서 열심히 아첨을 떨고 장단도 맞추었다. 그 모습을 꿰뚫어 보는 책사가 있었다. 바로 진궁이었다. 그는 정신을 못 차리는 여포에게 종종 경고했다.

　"조심해야 할 놈들은 진규 부자입니다. 속마음이 어떤지 알 수 없고 조조에게 벼슬까지 받아 오지 않았습니까? 조심하십시오."

　여포는 귀담아듣지 않았다.

"무슨 소린가? 조조는 늘 그런 식이었으니 걱정할 것 없네."

직언을 듣기 좋아하는 영웅은 별로 없는 법이었다.

"아, 조조를 버리고 여포에게 몸을 의탁했건만 여기도 오래 있을 곳이 못 되는구나."

정리하고 떠나자니 주인을 자꾸 버린다는 비난이 마음에 걸리고, 남아 있자니 자신을 알아주지 않는 여포와 간신들이 그저 야속할 따름이었다.

진궁은 답답한 마음에 소패로 사냥을 떠났다. 그때 먼지를 일으키며 나는 듯이 달려가는 역마를 발견했다.

"저자를 잡아오너라!"

부하들이 달려가 역마를 타고 가는 사자를 잡아 왔다. 진궁이 사자를 추궁했다.

"너는 어디로 가는 누구냐?"

진궁을 본 사내는 당황했다. 그 모습을 보고 품을 뒤지자 한 통의 밀서가 나왔다.

"이자를 서주로 끌고 가자."

진궁은 사자를 끌고 와 여포 앞에 무릎을 꿇렸다.

사자가 벌벌 떨며 말했다.

"저는 편지 내용을 알지 못합니다. 조 승상께서 심부름을 시켜 유공의 답서를 받아 돌아가는 길이었습니다."

"편지를 뜯어 보아라."

여포의 명에 따라 편지를 뜯었다. 유비가 조조에게 보내는 편지였다.

승상의 명을 받들고자 합니다. 여포를 제거하고 싶지만 저에게는 군사가 적고 장수도 많지 않습니다. 함부로 움직였다가 제 목숨을 보전하기 힘듭니다. 승상께서 직접 움직이신다면 저 역시 선봉에 서겠습니다. 그날까지 준비하고 기다리겠습니다.

편지를 읽고 난 여포는 불같이 화를 냈다. 당장이라도 조조와 유비를 요절낼 기세로 소리쳤다.

"미꾸라지 같은 조조 놈과 귀 큰 간신 유비 놈이 감히 내게 이럴 수 있단 말인가?"

배신을 당했다고 여긴 여포는 대대적으로 군사를 일으켰다. 산적들과 결탁해 산동에 있는 연주 일대의 모든 군을 치게 하고, 고순[†]과 장요에게 일러 소패성의 유비를 치라고 명령했다. 또 서쪽의 여남과 영천을 공략하라 명하고, 자신은 중군을 거느리고 후방에서 지원하기로 했다.

사실 일이 이렇게 된 데에는 조조와 유비의 밀약이 있었다.

허도로 돌아온 조조는 황제에게 아뢰어 장수의 난을 진압하러 떠났다. 조조가 군사들을 이끌고 움직이자 백성들이 길가에 나와 큰절을 올렸다.

"승상, 만수무강하십시오!"

절을 하는 백성들을 보자 조조는 흐뭇했다. 마침 보리밭을 지날 때였다. 민심을 잃지 않는 것이 중요하다는 걸 잘 아는 조조가 말했다.

"함부로 보리를 밟거나 이유 없이 농토를 짓밟는 자는 목을 베겠다."

그 순간 조조의 말이 날아오르던 새에 놀라 펄쩍 뛰어 보리밭을 이리

저리 밟고 말았다.

"내가 군령을 어겼구나. 내 스스로 목을 찔러 죽겠노라."

조조는 수많은 사람들이 지켜보는 자리에서 짐짓 칼을 뽑아 자신의 목을 찌르려 했다. 그러자 부하들이 달려들어 말렸다.

"아니 되옵니다. 어찌 목숨을 끊는단 말씀이십니까? 승상께선 지금 대군을 이끌고 계시지 않습니까?"

조조가 마지못해 이렇게 말했다.

"어허, 목을 칠 수 없으니 머리털이라도 잘라 첫값을 대신하겠노라."

조조는 그 자리에서 칼로 상투를 잘랐다.

"승상께서 스스로 정한 규율을 어기셨다고 상투를 자르셨다."

군사들은 깜짝 놀랐다. 자신의 상투를 자를 정도로 조조가 군령을 엄히 여긴다는 것을 알고 모두 정신을 바짝 차린 것이다.

그런 군사들을 이끌고 조조는 장수가 진을 친 곳에 이르렀다. 초반에 조조 군의 기세에 눌린 장수는 남양성에 들어가 문을 닫아걸었다. 남양성은 해자 폭이 넓을 뿐 아니라 물이

고순은 정사에 따르면 청렴결백하고, 술을 안 먹고 뇌물도 안 받는 강직한 사람이었다고 해. 이와 같은 인품을 바탕으로 부하들을 이끌었으니 어땠겠어? 칠백 명의 군사가 천 명의 역할을 해냈지. 모두 그의 강력한 리더십을 따른 덕분이야.

깊었다. 조조는 흙을 실어 날라 해자를 메운 뒤 사흘이나 성을 둘러보고 나서 서북쪽에 나무와 짚단을 쌓아올렸다. 성 위에서 조조의 일거수일투족을 지켜보던 장수의 모사 가후가 말했다.

"조조의 작전을 알았습니다. 조조의 계략을 역이용하면 크게 승리할 것입니다."

장수가 물었다.

"조조가 어떤 작전을 편다는 것이냐?"

"조조는 공격할 틈을 찾느라 사흘간 성을 샅샅이 둘러보았습니다. 조조는 성의 동남쪽을 칠 것입니다. 동남쪽 성벽이 허술하고 낡았기 때문이지요."

"조조가 서북쪽에 짚단을 쌓아 화공을 준비하지 않았느냐?"

"그건 속임수입니다. 우리가 서북쪽을 방비하는 사이에 동남쪽을 치려는 수작입니다."

"그럼 어찌 대비하면 좋겠는가?"

"날랜 병사들을 배불리 먹인 뒤 동남쪽 민가에 숨어 있게 하십시오. 조조 군이 성벽을 넘어올 때를 기다려 한순간에 쓸어버리면 됩니다. 그들은 기습을 했다고 안심할 터이니 조조를 사로잡는 것도 어려운 일이 아닐 것입니다."

"좋다. 그대로 시행하라!"

장수는 백성들을 군사로 위장해 서북쪽에 배치하고, 정예병을 동남쪽 민가에 배치했다. 조조는 적이 계략에 말려든 줄 알고 드디어 공세를 취했다. 군사들이 야심한 시각에 동남쪽 성벽을 타고 올라가 성안으로 들어갔다. 그런데 성안에 사람의 기척이 느껴지지 않았다.

"사람이 없습니다."

"어찌 된 일이지?"

그때 숨어 있던 복병들이 일제히 튀어나와 조조의 군사들을 보이는 족족 내리쳤다. 기습 공격을 받은 조조 군은 큰 피해를 입고 성 밖으로 달아났다.

"후퇴하라! 후퇴하라!"

추격병이 대기하고 있다가 날이 밝을 무렵까지 조조 군에게 맹공을 퍼부어 혼쭐을 빼놓았다. 아침에 조조가 군사들을 정비해 보니 사상자도 많고 재물 피해도 컸다.

장수는 급히 유표에게 사람을 보내 군사를 일으켜 조조의 퇴로를 차단하라고 당부했다. 장수가 뒤에서 쫓고 유표가 앞길을 가로막은 형국이었다. 조조는 산중 험로를 뚫어 길을 열었다. 장수와 유표의 군사들은 서로 먼저 조조를 잡을 욕심에 무턱대고 조조 뒤를 쫓았다.

하지만 한밤이 되어 산속에 매복해 있던 조조의 군사들에게 기습 공격을 당하고 말았다. 군사들이 함성을 지르며 한꺼번에 들고일어났다.

"장수를 사로잡아라!"

"네놈들은 독 안에 든 쥐다!"

험하고 좁은 산길에다 뜻하지 않게 기습 공격을 받은 장수와 유표의 군사들은 속수무책으로 당하고 말았다. 이때 많은 군사들이 죽고 다쳐 피해가 이만저만이 아니었다.

유표와 장수는 안중현에 진을 치고 조조 군과 맞서 싸우려 했다. 그때 원소가 군사를 일으켜 허도를 치려 한다는 소식이 조조 진영에 전해졌다. 조조는 다급한 마음에 군사를 돌려 허도로 돌아가야겠다고 생각했다. 그 소식은 조조와 대치한 장수 진영에도 알려졌다.

"이 기회를 놓치지 말고 뒤쫓아 조조 목을 쳐야 합니다."

장수의 모사들이 강하게 주장했다. 그러나 가후가 만류했다.

"안 됩니다. 쫓아가면 반드시 패합니다."

그렇지만 장수는 상황을 낙관했다.

"후퇴하는 적을 쫓아가 치는 것이 당연하지 않은가?"

장수는 가후의 권고를 무시하고 군사 만 명을 이끌고 유표와 함께 후퇴하는 조조의 후미를 추격했다.

"적을 공격하라!"

대개 후퇴하는 적은 후미가 약한 법이다. 그런데 어찌 된 일인지 조조 군이 막강하게 반격하는 바람에 오히려 유표와 장수의 군사들이 예상치 않게 대패하고 말았다. 두 사람은 체면을 구긴 채 돌아와 가후에게 말했다.

"면목이 없네."

그럴 줄 알았다며 책망할 줄 알았던 가후가 웃으며 말했다.

"이제 다시 한 번 공격하십시오!"

"이렇게 패하고 돌아왔는데 다시 공격하라고? 지금 제정신인가?"

"이번에는 반드시 이깁니다. 또 패한다면 제 목을 치십시오."

장수는 다시 나가려 했지만 유표는 장수의 말을 듣지 않았다. 할 수 없이 장수 혼자 군사를 거느리고 달려가 조조 군을 공격했다. 그런데 놀랍게도 그들은 오합지졸로 변해 있었다. 어제의 조조 군이 아니었다. 그들은 놀라서 병장기를 버리고 도망치기 바빴다.

"이게 어찌 된 일인가?"

승리를 거두고 돌아온 장수가 묻자 가후가 웃으며 대답했다.

"별로 어려운 일이 아닙니다. 조조 군은 추격병이 올 줄 알고 정예병을 후미에 배치했을 뿐입니다. 그래서 우리가 졌던 것이지요. 그런데 조조 군은 빨리 허도로 돌아가 방어해야 했기에 우리가 후퇴해 돌아오자 정예병을 선봉대로 돌린 것입니다. 그러니 후미에 오합지졸만 남을 수밖에요. 우리가 이기는 것이 당연하지 않습니까?"

유표와 장수는 가후의 지략에 넋을 놓고 감탄했다. 이번 싸움에서는 조조 군도, 장수와 유표 군도 큰 상처를 입고 각자 본거지로 돌아갔다.

허도로 돌아온 조조는 반란군을 진압한 뒤 원소를 쳐야겠다고 생각했다. 허도를 도모하려 했던 원소가 건방진 편지를 보냈기 때문이다. 공손찬을 쳐서 없앨 테니 군사를 빌려 달라는 오만한 내용이었다. 마치 황제가 신하에게 명하는 듯한 글이었다.

"원소가 이토록 무례하게 굴어 무슨 일이 있어도 꼭 쳐 없애야 하는데 도무지 힘이 없구나."

모사인 곽가가 조조를 위로했다.

"한고조 유방은 항우의 상대가 되지 않았지만 지혜로 싸워 이겼습니다. 항우가 산을 뽑아 무너뜨리는 힘을 가졌다지만 끝내 유방을 못 이기지 않았습니까? 원소에게는 열 가지 패배할 원인이 있으며 승상께서는 열 가지 이길 이유가 있습니다. 전혀 두려워 마십시오."

"그게 무슨 말인가? 내게 어찌 열 가지나 이길 힘이 있단 말인가?"

곽가는 조조의 뛰어난 점 열 가지를 멋지게 웅변으로 설명했다.

"첫째, 원소는 예절이 번거롭고 형식을 따집니다. 그러나 주공께서는 자연의 이치대로 일을 하십니다. 둘째, 원소는 하늘의 뜻을 거역하지만 주공께서는 하늘의 뜻을 따라 움직이십니다. 셋째, 원소는 나라가 어지러워져도 대수롭지 않게 여기지만 주공께서는 강력하게 법을 세워 다스리셨습니다. 넷째, 원소는 너그럽고 관대한 듯하지만 사실 시기심이 많은 자인데 주공께서는 대범하고 사리에 밝아 사람을 재능을 가지고 쓰십니다. 다섯째, 원소는 꾀가 많지만 결단력이 부족한데 주공께서는 계책을 세우면 즉각 움직이십니다. 여섯째, 원소는 명성으로 사람을 쓰지만 주공께서는 사람을 정성으로 대접하십니다. 일곱째, 원소는 가까이 있는 자는 총애하고 멀리 있는 자는 소홀히 대하지만 주공께서는 널리 사람을 아끼시어 가깝거나 멀거나 마음을 주십니다. 여덟째, 원소는 남의 아첨을 좋아하고 모함하는 것을 잘 듣고 의심하지만 주공께서는 꿋꿋하시며 명철하십니다. 아홉째로 원소는 시비가 분명치 못하지만 주공께서는 법도를 엄정히 지키십니다. 끝으로 원소는 허세를 좋아하지만 병법을 알지 못하나 주공께서는 적은 군사로 많은 무리를 이기며 용병술이 귀신같으십니다. 이러니 원소를 못 이길 이유가 없습니다."

조조가 기뻐서 껄껄 웃었다.

"하하하, 지나친 말이다. 내가 어찌 그 말을 감당하겠는가?"

동향이며 곽가를 추천한 순욱이 기꺼워하며 말했다.

"곽가의 십승십패설이 저의 의견과 같습니다. 원소의 군사가 많다 하나 두려울 것이 없다 생각합니다."

곽가가 옆에서 한마디 더했다.

"사실 걱정되는 것은 원소가 아니라 여포입니다. 우리가 원소를 치러 가면 여포가 허도를 노릴 테니 말입니다. 원소가 멀리 북쪽으로 공손찬을 치러 가면 우리에게도 기회가 온다고 생각합니다."

"어떤 기회가 온다는 말인가? 그럼 우리가 먼저 여포를 쳐야 하지 않겠는가?"

"그렇습니다. 원소를 치는 건 나중 일이라 생각합니다."

조조는 곽가의 말에 따라 여포를 칠 전략을 짰다. 그런 일환으로 유비의 도움을 받기 위해 약속을 정하고 서신을 보냈다. 그 서신에 대한 답장이 진궁에게 걸려 여포의 손에 들어가는 통에 유비는 다시 한 번 바람 앞의 등불과 같은 신세가 되고 말았다.

여포가 군사를 몰고 쳐들어온다는 말을 듣고 유비가 신하들을 모아 대책을 의논했다. 책사인 손건도 별수가 없었다.

"달리 방도가 없습니다. 조조에게 사람을 보내 빨리 구원을 청하셔야 합니다."

"그럼 누가 허도로 달려갈 것인가?"

유비의 동향 친구로 탁현에서부터 함께했던 충신 간옹이 편지를 갖고 허도로 달려가기로 했다. 그리고 자신은 남문, 손건은 북문, 관우가 서문, 장비가 동문을 맡기로 했다.

여포의 휘하 장수 고순의 군사들이 어느새 소패성에 이르렀다. 성루에 오른 유비가 고순에게 물었다.

"여포와 나는 싸울 일이 없네. 원수진 적이 없는데 어찌하여 군사를 끌고 왔는가?"

고순이 비웃으며 소리쳤다.

"간사한 유비야, 네가 조조와 결탁해 우리 주공을 죽이려 한 것을 모를 줄 알았더냐? 모두 탄로 났으니 어서 나와 순순히 결박을 받아라!"

고순의 공격이 시작되었다. 유비는 성문을 굳게 닫고 원군이 올 때까지 나서지 않았다. 다음 날은 장요가 군사를 끌고 와 서문을 공격했다. 관우가 성 위에 올라가 내려다보고 말했다.

"그대는 뛰어난 인물임을 내가 안다. 한데 어찌하여 여포 같은 자 밑에 있단 말인가?"

영웅은 영웅을 알아본다고 했다. 장요가 고개를 들지 않았다. 대꾸도 없었다. 부끄러움을 알았을까? 그걸 알기에 관우는 몰아세우지도, 나서서 싸우지도 않았다. 관우의 말을 듣고 난 장요는 군사를 거둬 동문 쪽으로 달려갔다. 그러자 동문을 맡은 장비가 대적하려 한다는 말을 듣고 관우가 달려가 말렸다.

"장요는 우리 못지않은 용사다. 내가 바른말을 했더니 느낀 것이 있었는지 돌아가는 길이니 굳이 치러 갈 필요 없다."

그 말을 듣고 장비는 군사를 움직이지 않았다.

한편 유비의 편지를 가져간 간옹은 허도에 도착했다. 조조가 유비의 편지를 읽고 나서 말했다.

"내가 여포를 치는 것도 두렵지 않고 원소를 치는 것도 걱정되지 않는데, 그 틈에 유표와 장수가 다시 허도를 쳐들어올까 그것이 마음에 걸린다."

그러자 순유가 전략을 짰다.

"유표와 장수는 앞선 싸움에서 많은 군사를 잃어 경거망동하지 않을 것입니다. 여포가 원술과 결탁해 남쪽 지역에서 힘을 키운다면 그게 골치 아픈 일이 될 테니 나가 싸워야 합니다."

곽가도 나섰다.

"여포는 배반의 상징입니다. 그런 자가 저지른 반역 행위에 여럿이 동참하기 전에 무찔러 없애야 한다고 생각합니다."

"그 말이 맞다."

조조는 하후돈 등에게 군사 오만 명을 내주어 먼저 떠나게 하고 자신은 뒤를 따랐다.

조조의 출병 소식을 듣고 여포는 진을 친 채 조조의 군사들이 오기를 기다렸다. 고순과 장요가 성을 포위했던 군사들을 풀어 여포와 합세하는 것을 보고 유비는 미루어 짐작했다.

"조조의 원군이 오는구나. 우리도 대책을 강구하자."

유비는 미축과 미방 형제에게 가족을 보호하라 이른 뒤 관우, 장비와 함께 성 밖으로 나가 진을 치고 조조의 군사를 기다렸다.

그 무렵 하후돈이 선봉으로 먼저 도착해 고순의 군사들과 맞닥뜨렸다. 첫 전투였다. 고순이 말을 타고 나와 하후돈과 자웅을 겨루었다. 하지만 고순은 하후돈의 상대가 되지 않았다. 고순이 이길 수 없다는 것을 알고 말을 돌려 달아나자 하후돈이 쫓으며 소리쳤다.

"네 이놈, 게 서라!"

고순은 잡힐 듯 말 듯 이리저리 도망쳤다. 우직한 하후돈은 고순을 잡을 마음에 미처 주위를 살피지 못했다. 영채 위에서 보고 있던 한 병사가 활시위를 당겨 조준하여 하후돈에게 발사했다. 공교롭게도 화살이 하후돈의 왼쪽 눈에 그대로 꽂혔다.

"아악!"

하후돈은 정신을 차리고 눈에 꽂힌 화살을 뽑았다. 화살 끝에 눈알이 뽑혀 나왔다.

"부모님의 정기를 받은 눈알을 내가 어찌 버릴쏘냐?"

하후돈은 화살 끝에 달린 눈알을 입에 넣고 삼켰다. 자기 눈알을 먹는 모습을 본 적군과 아군 병사들이 모두 경악했다. 기가 질린 군사들이 동요하는 모습을 보이자 하후돈이 그들 사이를 짓밟고 다녔다. 그 모습을 보고 고순이 군사들을 독려했다.

"적장이 부상당했다. 하후돈이 힘을 못 쓸 때 적을 물리쳐라!"

얼굴이 온통 피투성이가 된 하후돈이 죽을힘을 다했지만 역부족이었다. 이미 기선을 제압당하고 만 것이다. 조조의 군사들은 크게 패해 뒤로 물러났다.

운 좋게 조조의 선봉을 물리친 고순이 유비를 공격하려 할 때 여포의 대군이 도착했다. 여포는 고순, 장요와 함께 유비와 관우, 장비의 진지를 치러 갔다. 드디어 여포와 유비의 본격적인 싸움이 벌어졌다. 관우와 장비가 아무리 맹장이라 하지만 수적인 열세를 극복하기는 쉽지 않았

다. 배후에서 기습당해 관우와 장비의 군사가 패하는 바람에 황급히 소패성으로 도망칠 수밖에 없었다. 성문이 열리고 해자 위로 다리가 놓였는데 후퇴해 들어오는 군사들 바로 뒤쪽에서 여포가 고삐를 늦추지 않고 추격해 들어왔다.

"이랴, 달려라!"

유비 또한 죽을힘을 다해 도망쳤다. 하지만 성문을 닫기도 전에 여포의 군사들이 성안으로 들어와 사방팔방 짓밟았다. 유비는 가족을 챙길 겨를도 없이 성을 가로질러 곧장 서문으로 빠져나갔다.

별 도리 없이 성을 지키던 미축이 달려와 여포 앞에 무릎을 꿇었다. 도겸의 밑에 있다 유비를 섬기며 자신의 여동생을 유비에게 출가시킨 그였다.

"장군, 대장군은 적의 처자를 해치지 않는다 했소이다."

"원술이 쳐들어왔을 때 내가 활로 방천화극을 맞혀 유비를 구해 줬다. 그 은공도 모르고 유비가 지금 나의 적이 돼서 조조와 손을 잡지 않았더냐?"

"부득이하게 조조와 결연하게 된 것입니다. 부디 너른 마음으로 이해하시고, 처자를 가엾게 여기시기 바랍니다."

영웅의 배포를 가진 여포가 한바탕 웃었다.

"하하하, 알았다! 유비는 나의 옛 벗이다. 그의 처자를 내 어찌 해치겠느냐?"

여포는 미축이 유비의 처자들을 서주로 데려가 편안히 지낼 수 있게 해주었다. 그리고 나서 고순과 장요에게 명령을 내렸다.

"소패성을 확실하게 지키도록 하라!"

유비는 아우들의 생사도 모른 채 패잔병을 수습하여 조조에게 의탁하기로 했다. 인적 없는 길로만 몸을 숨긴 채 허도로 향하는데 어찌 알았는지 곳곳에서 백성들이 음식을 내밀었다.

"아이고, 유 목사님! 어찌하여 이리되셨습니까? 이 음식을 먹고 기운을 내십시오."

유비는 백성들의 지극정성을 보고 큰 감동을 받았다.

끼니를 거르는 비참한 신세가 된 유비는 허도를 향해 발걸음을 옮겼다. 그러던 어느 날 밤 외딴 산골 집에서 하루를 묵게 되었다. 집주인은 유안이라는 사냥꾼이었다. 그는 유비가 자신의 집에 나타난 것을 보고 감읍했다.

"어찌 이리 누추한 곳에 오셨습니까? 제가 짐승이나 잡아먹고 살지만 저희 집에 지금 대접할 만한 고기가 없습니다."

"괜찮다. 하룻밤만 묵어가면 된다."

그런데 잠시 후 대접하는 밥상에 없다던 고기가 올라왔다.

"이게 무슨 고기냐?"

"때마침 잡아 둔 늑대 고기가 있어서 대접하게 되었습니다."

유비는 배불리 먹었다. 마음 놓고 잠을 푹 잔 뒤 아침에 말을 타려고 집 모퉁이를 돌아가는데 부엌 바닥에 쓰러져 죽은 여인이 보였다. 여인의 허벅지가 모두 베어져 있었다.

"이게 어찌 된 일이란 말인가?"

유안이 엎드려 떨리는 목소리로 말했다.

"사실은 대접할 고기가 없어서 그랬사옵니다, 흑흑흑!"

유비는 깨달았다. 그 여인은 유안의 아내였다. 눈물을 흘리며 한동안 움직이지 않던 유비가 이윽고 말했다.

"같이 가지 않겠는가?"

"주공을 모시고 가고 싶지만 노모가 계셔서 그러지 못하옵니다."

"이 은혜는 잊지 않겠다."

유비는 눈물을 뿌리며 허도로 향했다. 죽지 않고 살아서 반드시 패업을 이뤄야 할 이유를 하나 더 발견한 것이다.

유비는 다시 길을 재촉해 양성으로 향했다. 때마침 조조가 한 떼의 군마를 이끌고 먼지구름을 일으키며 달려왔다. 유비는 가족이며 아우들의 생사도 모른 채 흩어져 이렇게 혼자 왔노라고 눈물을 흘리며 얘기했다. 더불어 눈물겨운 유안의 접대도 빼놓지 않았다.

조조가 유비를 위로했다.

"가족과 아우들의 소식은 곧 듣게 될 것이오. 그나저나 유안이라는 자의 아내는 참으로 안됐소."

그러면서 군사에게 명을 내렸다.

"여봐라, 유안에게 즉시 황금 백 냥을 보내도록 하라!"

조조는 뒤늦게 하후돈이 눈을 다쳐 앓아누웠다는 것을 알고는 몸조리를 잘하도록 이른 뒤 여포의 동태를 살폈다.

정탐꾼이 와서 보고했다.

"여포가 지금 연주 지방의 여러 고을을 공격하고 있습니다."

"그렇다면 소패성이 비어 있겠구나."

조조는 조인에게 군사를 내주며 소패성을 공격하라고 명했다. 군사들이 소패를 칠 무렵 여포가 서주에 들어왔다. 그러나 소패성이 위태롭다는 말을 듣고 진규에게 서주를 맡기고 진등과 함께 소패로 출발했다.

이때 진규가 아들 진등에게 은밀히 말했다.

"드디어 조조와 약속한 일을 실행할 때가 되었다."

"아버님, 제게 계책이 마련돼 있습니다. 아버님께서 하실 일은 여포가 패해서 돌아오면 미축과 함께 성을 굳게 지켜 절대로 여포를 들이지 않는 것입니다."

"하지만 성에는 여포의 가족들이 있고 심복도 많지 않으냐?"

"그것도 달리 방안이 있으니 걱정 마십시오."

진등은 곧장 여포에게 가서 한 가지 계책을 알려 주었다.

"장군, 서주는 조조가 온 힘을 다해 몰아붙일 것이 분명합니다. 따라서 버티기 어려울 수도 있으니 대비책을 마련해야 합니다."

"하긴 그럴 것이야. 유비 놈까지 가세할 테니 각오를 단단히 해야지."

"모든 장수는 준비가 필요하다 했습니다. 도피할 곳을 미리 준비해 놓는 것이 좋겠습니다."

"그거야 나쁘지 않지."

맹장인 여포도 숱한 실전 경험을 통해 준비가 필요하다는 것을 잘 알고 있었다.

"그래, 어디가 좋겠는가?"

"하비성입니다. 그곳으로 곡식과 재물을 옮겨 놓으시지요. 적이 포위해 공격한다 해도 하비성은 능히 버틸 만한 곳 아니겠습니까?"

"그곳이라면 그럴 만하지. 내 가족도 그리로 옮기도록 하라."

여포는 군사들에게 일러 처자는 물론 재물과 군사를 하비성으로 옮겼다. 그러고 나서 진등과 함께 소패를 구하러 떠났다.

"제가 먼저 조조의 상황이 어떤지 알아보고 오겠습니다."

진등은 말을 몰아 소관(소패의 입구)으로 갔다. 그는 이미 이 싸움의 큰 그림을 그린 지 오래였다. 이제 그것을 실행하기만 하면 되었다.

관을 지키는 진궁에게 진등이 말했다.

"그대들이 관을 나와 적과 맞서 싸우지 않는다고 지금 장군께서 처벌하러 오고 있소이다."

진궁이 자신의 의견을 전했다.

"지금은 조조의 군세가 워낙 강해 함부로 나설 수가 없소. 우리는 이 소관을 굳게 지킬 테니 장군께 소패성을 지키는 게 상책이라고 전해 주시오."

다음 날 진등이 관 위로 올라가 보니 조조의 군사가 관 앞까지 몰려온 상태였다. 이 관을 통과해야 소패를 치러 갈 수 있었다. 진등은 저물녘 어둠을 틈타 조조의 진지로 계략을 적은 편지를 화살에 매어 쏘아 보냈다. 그리고 그다음 날 아침에 관을 떠나 여포에게 돌아왔다.

진등이 계획대로 여포에게 보고했다.

"조조 대군의 공세 속에서도 진궁이 소관을 단단히 지키고 있습니다. 날이 어두워지면 장군께서 진궁을 구하러 가시지요."

"그래, 그대가 아니었다면 소관도 벌써 조조 수중에 들어갔을 것이다. 다시 소관으로 가서 진궁과 함께 약속을 정해 호응하되 불을 피워 군호를 삼을 것이라고 일러라."

그러나 진등은 소관에 가서 여포의 지시를 전하지 않고 엉뚱한 정보를 흘렸다.

"큰일이오! 조조가 샛길로 돌아 관내로 들어섰다 하오. 지금 장군께서 계신 서주가 위험에 처했으니 빨리 군사를 거두어 서주를 구하는 데 힘을 보태 주오."

"이런 간사한 조조 같으니라고. 내 이럴 줄 알았다!"

진궁은 황급히 군사들을 이끌고 소관을 나와 여포를 구하러 서주로 떠났다. 진궁의 군사들이 관을 나선 것을 확인한 진등은 성루에서 횃불을 올려 신호를 보냈다. 깊은 밤에 횃불이 올라오는 것을 본 여포는 몰려오는 군사들이 조조 군인 줄 알고 공격을 시작했다. 깊은 밤에 진궁의 군사와 여포의 군사가 맞닥뜨린 것이다.

"적군이다! 죽여라!"

어둠 속에서 같은 편끼리 치고 박는 싸움이 벌어졌다. 그사이 소관은 조조의 수중에 떨어졌다. 날이 밝을 무렵에야 여포와 진궁은 아군끼리 싸웠다는 것을 알게 되었다.

"아뿔싸, 우리 군사끼리 싸우다니……. 빨리 서주로 돌아가자."

여포가 서둘러 서주로 돌아갔지만 성문이 굳게 닫혀 있었다.

"어떤 놈이냐?"

여포의 고함 소리에 미축이 성루에 서서 소리쳤다.

"이놈, 여포야! 서주는 더 이상 너의 것이 아니다."

"이런 도적놈! 네놈이 내 성을 빼앗고도 무사할 줄 알았더냐?"

미축이 웃으며 말했다.

"으하하하, 우리 주공의 성을 빼앗은 못된 놈이 바로 네놈 아니더냐? 주인이 자기 것을 되찾았는데 무슨 소리더냐? 이 성에 다시 들어올 생각은 꿈에도 하지 마라."

여포가 이를 부득부득 갈며 성을 냈다.

"진규, 진규는 어디 있느냐?"

미축이 조롱하듯 말했다.

"내가 그자를 죽인 지 이미 오래다."

여포가 그제야 진궁에게 물었다.

"진등, 진등은 어디 있느냐?"

이미 진등에게 속았다는 걸 안 진궁이 씁쓸하게 말했다.

"장군, 아직도 그 간사한 도적놈에게 미련이 남았습니까?"

진등은 계책이 성공한 것을 안 뒤 종적을 감추었다.

"어쩔 수 없습니다. 소패로 돌아가시지요."

여포는 소패라도 방비하려고 군사들을 이끌고 걸음을 재촉했다. 그때 앞에서 한 떼의 군마가 나타났다. 고순과 장요였다. 소패를 지키고 있어야 할 군사들이 달려오는 것을 보고 여포가 의아해 물었다.

"성은 어찌하고 이리 달려오는 것이냐? 내가 굳건히 지키라 하지 않았더냐?"

"진등이 장군께서 포위됐다고 빨리 구하러 가야 한다고 해서 저희들이 몰려왔습니다만……."

"아뿔싸, 이게 모두 다 간사한 진등의 계략이었구나."

여포는 군사를 추슬러 소패성으로 달려갔다. 소패성 성루에 조조의 깃발이 휘날렸다. 성루 위에서 진등이 아래를 내려다보았다.

여포가 화가 치밀어 소리쳤다.

"이런 도적놈, 간사한 놈아! 배신한 대가로 내 창에 죽고 말리라!"

그러자 진등이 오히려 큰소리쳤다.

"여포야, 나는 한나라의 신하다. 내가 너 같은 역적 놈을 섬길 것 같으냐? 네가 크게 오해했구나."

"소패를 공격하라!"

여포가 군사를 독려할 때 갑자기 등 뒤에서 호랑이 같은 장수의 목소리가 울렸다.

"여포야, 내 이날을 목이 빠지게 기다렸다!"

바로 장비였다. 그러자 고순이 앞으로 나섰다.

"제가 상대하겠습니다."

고순이 맞서 싸우려 했지만 그는 장비의 상대가 아니었다. 그때 조조가 성문을 열고 대군을 몰고 달려왔다. 여포는 도저히 상대가 안 된다고 생각하고 후퇴했다. 하지만 또 그를 막아서는 장수가 있었다.

"기다려라. 관우가 여기 있다!"

관우와 장비, 조조에게 쫓기던 여포는 할 수 없이 진궁과 함께 결사대를 조직해 하비로 도망쳤다. 흩어져 있던 관우와 장비는 비로소 부둥켜 얼싸안고 울었다.

"형님, 그간 어디 가 계셨수?"

장비의 물음에 관우가 대답했다.

"난 해주 가는 길목에 진을 치고 있다가 소식을 듣고 달려왔구나."

"저는 망탕산에 숨어 있다가 답답해서 나오니까 이런 일이 벌어지고 있었소이다."

"장군들, 뭐 하고 계시오? 두 분 형님이신 유공께서 조공과 함께 있소이다."

옆에 있던 한 장수의 말을 듣고 관우와 장비가 달려가 유비에게 절을 했다. 삼 형제가 반갑게 다시 만난 것이다. 누가 먼저라고 할 것도 없이 눈물이 솟구쳤다. 세 사람은 안부를 확인하고 조조를 따라 서주성으로 들어갔다. 미축이 달려와 말했다.

"주공의 가족은 모두 무사하십니다. 걱정 마십시오."

진규와 진등도 다가와 조조에게 절을 했다. 여포를 몰아내는 데 가장 큰 공을 세운 일등 공신이었다.

비로소 서주를 손에 넣은 조조는 매우 기뻐했다.

정욱이 옆에서 말했다.

"여포에게는 하비성만 남았습니다."

"이제 기세를 몰아 여포를 제거하는 일만 남았구나."

조조는 여포 잡을 계획을 다시 짰다.

8 여포의 최후

적의 적은 친구라고 했던가. 유비와 조조는 여포라는 공동의 적을 앞에 두고 친구가 되었다. 서주를 손에 넣은 조조는 누구보다 기뻤다. 하비성에 숨은 여포를 잡는 것이 마지막 남은 과제였는데 급하게 서두를 필요가 없었다.

조조가 유비에게 말했다.

"산동 지방의 고을은 내가 맡아서 여포를 압박할 테니 유공은 해남 가는 길목을 맡으시오."

"승상의 분부대로 하겠습니다."

유비는 미축과 간옹을 남겨 두고, 관우와 장비, 손건을 거느리고 해남으로 가는 길목을 지키러 떠났다.

얼마 후 조조도 대군을 끌고 여포를 잡으러 하비성으로 출발했다. 이때 여포는 하비성의 튼튼함만 믿고 느긋하게 세력을 확장하려 준비하는 중이었다. 첩보망을 통해 조조가 쳐들어온다는 기별을 받은 책사 진궁이 말했다.

"조조가 오고 있습니다. 저들이 와서 진지를 구축하기 전에 먼저 기습을 하시지요. 그러면 반드시 승리할 수 있습니다."

이 무렵 여포는 싸움이 지겨워졌다. 그동안 호되게 당했기 때문이기도 했다.

"아니다. 여기서 기다렸다가 그자들이 오면 받아쳐 모조리 물귀신을 만들 것이야."

진궁은 좋은 기회를 놓쳐 애석했지만 어쩔 수 없었다.

이윽고 하비에 닿은 조조는 아무런 방해도 받지 않은 채 영채와 진지를 구축한 뒤 하비성 앞에 나와 말했다.

"여포는 들어라! 그대는 원술과 사돈을 맺으려 했다. 반역자와 사돈을 맺는 자는 그 역시 반역의 뜻을 갖고 있는 자 아니더냐? 구족을 멸할 큰 죄임을 아는가 모르는가? 그대는 동탁을 토벌한 공이 있는데 어찌하여 역적을 따르려 하는 것인가? 지금이라도 항복하면 한나라의 벼슬을 줄 테니 돌이켜 생각해 보라."

조조의 말을 듣고 난 여포는 애써 싸우면서 목숨을 걸 필요가 없다는 생각이 들었다.

"진궁, 항복하는 게 어떤가?"

진궁은 단번에 반대했다.

"조조는 누구보다 내가 잘 압니다. 저건 다 술책이고, 항복할 경우에 장군의 목숨은 안전을 보장할 수 없습니다."

"그래도 저렇게 많은 사람 앞에서 얘기하지 않았나?"

진궁은 대꾸도 않고 성루에 올라 조조를 보자마자 대뜸 욕부터 퍼부었다.

"간신 조조는 들어라! 세상 사람을 다 속여도 너는 나를 속일 수 없다. 너의 간악한 행태를 일찍부터 보아 왔기 때문이다!"

진궁이 나서서 떠벌리자 조조는 화가 치밀었다.

"옛정을 생각해 놔두었더니 도저히 눈 뜨고 볼 수가 없구나. 전군은 공격하라!"

조조 군이 하비성을 포위하고 공격하자 진궁이 여포에게 말했다.

"제가 남은 군사들로 성을 지킬 테니 장군께서 보병과 기병을 이끌고 나가 조조를 치십시오. 조조는 분명히 장군을 공격할 것입니다. 그때 제가 그 뒤를 치겠습니다."

"반대로 성을 공격하면 어쩔 것인가?"

"그때는 장군께서 뒤를 치십시오. 조조 군은 멀리서 왔기 때문에 양식이 얼마 없습니다. 굶주림에 지쳤을 때 치면 분명 우리가 승리할 수 있습니다."

"알았다!"

여포가 싸우러 나갈 준비를 할 때 여포의 아내 엄씨가 물었다.

"장군께서 또 싸우러 가시려는 겁니까?"

"그렇다. 내 반드시 조조를 쳐서 무찌르고 말리라."

"장군, 저희를 성에 놔두고 나가셨다가 만에 하나라도 문제가 생기면 어찌합니까? 다시 얼굴을 뵐 수나 있는지요."

여포의 마음이 흔들렸다. 결단을 못 내리고 주저하는 사이에 하루의 시간이 흘러갔다. 그러자 진궁이 찾아와 다그쳤다.

"장군, 빨리 성 밖으로 나가셔야 합니다. 조조의 군사들이 세력을 규합하기 전에 말입니다."

그때 갑자기 여포가 갑옷을 벗으며 말했다.

"가만히 생각해 보니 성을 두고 멀리 나갈 필요가 없다는 생각이 드는구나. 성만 굳건히 지키면 저자들은 양식이 떨어질 테니까."

진궁은 여포의 마음이 변했다는 것을 알았다. 그 순간 황급히 차선책을 제안했다.

"조조가 양곡이 모자라자 허도에 사람을 보내 군량을 보내라 했다 하옵니다. 장군께서 군량을 보내오는 길목을 지키셨다가 단호하게 끊는 것은 어떻겠습니까?"

"그것은 해볼 만한 계략이다."

여포가 다시 출동할 준비를 했다. 그런데 다시 엄씨가 막아섰다.

"장군께서 나가시면 저희들은 누가 보호해 준단 말입니까? 참으로 야속합니다, 흑흑!"

엄씨가 흐느끼자 여포는 다시 마음이 흔들렸다. 초선도 함께 울면서 지켜 달라고 애원하자 여포가 진궁을 불러 말했다.

"허도에서 군량이 온다는 말을 어찌 믿는단 말이냐? 그건 어쩌면 조조가 퍼뜨린 거짓말일 수도 있다. 나는 섣불리 나가지 않을 것이다."

진궁은 밖으로 물러나 하늘을 우러르며 탄식했다.

"아, 우리는 죽어도 묻힐 땅이 없겠구나!"

성을 지키기만 하면 된다고 마음먹은 여포는 시름을 잊기 위해 술을 마시며 세월을 보냈다. 그때 모사인 허사와 왕해가 들어와 묘책이랍시고 제안했다.

"장군, 예전에 원술과 사돈을 맺을 뻔하지 않으셨습니까? 지금이라도 사돈을 맺겠다고 약조하고 원군을 요청하십시오. 원술이 도와주면 안팎으로 조조를 공략해 깨부수기가 쉽습니다."

"옳거니, 그거 좋은 생각이다. 당장 사람을 보내라!"

그러나 성이 포위되어 길을 트기가 어려웠다. 여포가 장요와 학맹에게 군사를 내주며 길을 터주라고 일렀다. 장요가 성 밖으로 나가 싸움을 벌이는 동안 학맹이 군사들과 함께 허사와 왕해를 호위해 무사히 원술의 진영인 수춘에 도착했다.

원술은 화난 얼굴로 여포의 사자를 맞이했다.

"무슨 염치로 여포가 사람을 보냈느냐? 지난날 내가 보낸 사신을 죽이고 혼사도 거절한 자가 도움을 요청하는 까닭이 무엇인고?"

허사가 머리를 조아리며 말했다.

"지난날은 조조의 간계에 속아 넘어가 그리된 것입니다. 부디 굽어살피소서."

"조조가 포위하고 괴롭히니까 구원해 달라는 것 아니냐? 딸도 보내지 않으면서?"

그러자 왕해가 나섰다.

"지난 일 때문에 저희가 밉다고 원군을 보내지 않으시면 원공께서 곧 조조에게 해를 입으실 겁니다. 입술이 없으면 이가 시리다 했습니다. 지금 조조를 치는 것이 원공께 도움이 될 것입니다. 며느리도 얻으시고 조조도 칠 수 있습니다."

원술 입장에서 틀린 말은 아니었다. 하지만 섣불리 군사를 일으킬 수는 없었다.

"좋다. 그럼 먼저 여포에게 딸을 보내라 전하라. 우리가 사돈을 맺게 되면 그때 군사를 보내마."

"알겠습니다. 반드시 분부를 받아 시행하겠습니다."

허사와 왕해는 다시 학맹의 호위를 받으며 하비성으로 향했다. 그런데 유비가 진을 치고 있는 영채를 통과하는 것이 문제였다.

"밤에 몰래 지나갑시다. 우리가 먼저 빠져나갈 테니 학 장군이 뒤를 맡아 주시오."

날이 어두워지자 허사와 왕해가 먼저 길을 떠났다. 그런데 군사를 이끌고 가던 학맹이 그만 장비에게 걸리고 말았다.

"이놈들, 쥐새끼같이 밤에 움직이는 놈들이 누구냐?"

학맹이 앞으로 나서서 맞섰지만 장비에게 단번에 사로잡히고 군사들은 뿔뿔이 흩어졌다.

장비가 학맹을 유비 앞에 끌고 가자, 유비는 그를 조조에게 끌고 갔다. 학맹은 여포가 원술에게 원군을 청하며 사돈을 맺기로 했다는 사실을 털어놓았다. 조조는 학맹†의 목을 베고 나서 방비에 더욱 힘쓰라고 명을 내렸다.

"여포의 군사를 한 놈이라도 놓치는 자는 군령에 따라 가차 없이 목을 벨 것이다!"

유비 역시 긴장하여 아우들에게 말했다.

"우리가 원술의 본거지로 통하는 요충지를 맡고 있으니 각별히 조심해 군령을 어기지 않도록 하라!"

장비는 불만이었다. 학맹을 사로잡아 공을 세웠는데 상은 안 주고 도리어 군령을 강화한다고 호통쳤기 때문이다.

"조조란 자는 믿을 수 없습니다. 내가 공로를 세워도 칭찬 한마디 없잖습니까?"

"아우야, 지금 조조는 대군을 이끌고 있다. 군령을 엄하게 하지 않으면 군사들이 말을 듣겠느냐? 군령을 잘 지키도록 해라."

장비는 마지못해 고개를 끄덕이고 뒤로 물러났다.

이때 간신히 하비성에 들어온 허사와 왕해는 원술의 뜻을 여포에게 전했다. 여포는 오래 끌 시간이 없었다.

"알았다. 당장 딸아이를 보내도록 하자."

여기서 잠깐!!

정사의 〈여포전〉에 따르면 학맹의 죽음에 관한 진실이 약간 다르게 기술되어 있어. 학맹은 196년 여포를 배신하고 그를 공격하다 훗날 여포의 부하 조성에게 부상당하고 고순에게 목숨을 잃는 것으로 되어 있어. 하지만 《삼국지연의》에서는 조조에게 죽는 것으로 나온단다.

그런데 딸을 보낼 길이 막막했다. 살아남기 위해 뾰족한 방법을 찾아야 했다.

"딸아이를 데리고 어찌 원술에게 갈꼬? 누가 데려갈 것이냐?"

허사가 말했다.

"조조에게 잡힌 학맹이 저희 사정을 낱낱이 불었을 겁니다. 조조가 내막을 알고 대비할 테니 따님을 데리고 갈 사람은 이 세상에 장군밖에 없습니다."

자기 딸을 보호해야 했기에 여포는 선택의 여지가 없었다. 군사들을 끌고 성 밖으로 나가야 했다. 깊은 밤 여포가 딸에게 옷을 두껍게 입히고 갑옷을 덧입혔다.

"자, 애비에게 업혀라!"

딸을 등에 업은 여포가 적토마에 올라 장요와 고순에게 삼천 명의 군사를 이끌고 뒤를 따르도록 했다.

"내가 길을 터놓을 테니 거기서부터 회남까지 그대들이 이 아이를 호위토록 하라!"

여포가 성 밖으로 나와 군사들과 함께 유비의 진지를 지나갈 때였다. 갑자기 북소리가 울리며 장비가 기다렸다는 듯이 나타났다.

"여포야, 꼼짝 마라!"

여포는 싸울 마음이 없었다. 등에 딸을 업고 있었기 때문이다. 이리저리 공격을 피하려 했지만 몸놀림이 자유롭지 않았다. 아무리 여포가 용맹해도 딸을 업은 채 싸움을 하기란 섶을 지고 불에 뛰어드는 것과 다르지 않았다. 뒤쪽에서 조조의 장수인 서황과 허저마저 쫓아왔다.

"여포를 잡아라!"

여포는 다시 성으로 돌아갈 수밖에 없었다.

"도저히 안 되겠다. 후퇴하라!"

성을 빠져나가 원술에게 가야 살길이 생기는데 방법을 찾을 수가 없었다. 그렇게 하루 이틀 시간만 흘러갔다.

답답하기는 조조도 마찬가지였다. 두 달 넘게 공격했지만 하비성은 꼼짝하지 않았고 싸움은 지지부진했다.

그때 곽가가 나서서 말했다.

"제가 하비성을 함락시킬 계략을 찾았습니다."

순욱이 옆에서 자기도 안다는 듯 끼어들었다.

"기수와 사수의 물길을 트자는 것이오?"

"바로 그것입니다."

하비성은 물이 지나는 요충지였다.

"두 사람의 뜻이 그러하니 해보자꾸나."

조조는 수공을 하기로 결심했다. 군사들을 불러 기수와 사수 상류의 둑을 끊어 물줄기를 하비성으로 돌렸다. 물줄기가 바뀐 거센 물결이 하비성을 향해 흘러갔다. 조조의 군사들은 이제 높은 곳에 올라앉아 하비성이 물에 잠기는 모습을 구경하기만 하면 되었다.

밤사이에 하비성은 용궁이 되어 버렸다. 동문을 빼고 나머지 문이 모두 물에 잠겼다.

"장군, 물난리가 났습니다. 이를 어쩌면 좋습니까?"

"걱정 마라. 적토마가 있는데 무엇이 걱정이냐?"

여포는 두어 달 동안 주색으로 세월을 보내 얼굴이 몹시 상했다.

어느 날 문득 거울을 본 여포는 온몸의 근육이 빠지고 얼굴이 쭈글쭈글해진 것을 보고 깜짝 놀랐다.

"그동안 주색을 너무 가까이 했구나. 오늘부터 술을 끊어야 해."

여포는 술을 끊는 동시에 금주령을 내렸다.

"여봐라, 성내에 있는 자 누구든 술을 먹으면 목을 벨 것이다!"

강력한 금주령에는 꼭 문제가 따르는 법이었다. 휘하 장수 후성에게서 사건이 비롯되었다. 그는 말 열다섯 마리를 가지고 있었는데 그 말을 훔쳐 유비에게 갖다 바치려는 자를 색출해 목을 벴다. 그러자 동료 장수들이 축하의 말을 건넸다.

"말 도둑을 처단하셨군요. 훌륭하십시다. 한턱내십시오!"

"허허, 안 그래도 내가 담가 놓은 술이 있는데 같이 가서 한잔하면 좋겠소."

"하지만 여 장군께서 술을 금하라 했으니 어쩌면 좋습니까?"

"걱정 마시오. 내가 허락을 받아 오겠소."

후성은 여포에게 술 다섯 병을 바치며 말했다.

"장군님 덕에 잃었던 말을 찾았습니다. 동료들이 축하하면서 한잔하자고 하는데 저 혼자 먹을 수가 없어서 이렇게 장군께 바칩니다. 음주를 허락해 주십시오."

여포는 안 그래도 울적한 마음을 풀 데가 없었는데 후성이 불을 지른 셈이 되었다.

"뭐라? 내가 분명히 금주령을 내렸는데 너희들끼리 모여 술을 먹겠다고? 내 말이 말 같지 않으냐? 이자를 끌어내 목을 쳐라!"

부하들이 후성을 끌고 나가자 다른 장수들이 와서 말렸다.

"장군, 이런 일로 장수의 목을 베면 군사들 사기가 떨어집니다."

"군령을 세우려면 저자의 목을 쳐야 한다."

"통촉하시옵소서!"

장수들이 떼로 몰려와 말리자, 여포는 곤장 백 대로 감형했다가 그것도 심하다 하기에 못 이기는 척 오십 대로 감형했다. 후성은 엉덩이가 해지도록 곤장을 맞고 집으로 돌아왔다.

송헌과 위속이 후성을 위로하기 위해 모여서 불만을 토로했다.

"여포는 제 가족만 알았지, 우리들은 개돼지 취급을 하고 있소."

"조조가 포위를 풀지 않고 물난리까지 일으켰소. 우리는 언제 죽을지 모르는 목숨이오. 차라리 달아나는 게 어떻겠소?"

"달아나는 건 사내대장부가 할 짓이 아니오. 여포가 어질지도 못하고 의리도 없으니 차라리 잡아다 조조에게 바칩시다."

그때 후성이 나섰다.

"두 분이 여포를 사로잡고 성문을 열어 항복할 뜻이 있다면 나는 여포가 소중하게 여기는 적토마를 훔쳐 조조를 찾아가겠소."

그날 밤 후성은 적토마를 끌어내어 위속이 지키는 동문으로 빠져나갔다. 조조를 찾아간 후성이 적토마를 바치며 말했다.

"성안에서 두 장수가 백기를 꽂아 신호를 보내고 성문을 열기로 했습니다."

"알았다. 네 말대로 하겠다."

조조는 생각지도 않은 기회가 와서 속으로 쾌재를 불렀다.

다음 날 새벽, 조조 군사들의 공격이 시작되었다. 사방이 온통 창칼 부딪치는 소리로 요란했다. 여포는 방천화극을 들고 성문을 점검한 뒤에야 적토마가 사라진 것을 알았다.

"내 적토마가 어디로 갔느냐? 성문을 제대로 지키지 못한 자를 잡아오라!"

여포는 부아가 치밀어 후성을 놓친 위속을 불러 벌을 주려 했다. 하지만 그때는 이미 성벽에 백기가 꽂혀 조조의 군사들이 물밀듯이 공격해 들어왔다.

"조조 군을 막아라!"

여포는 직접 군사들을 지휘하며 새벽부터 하루 종일 전투를 벌였다. 밀고 밀리는 접전 끝에 잠시 소강상태가 이어졌다. 새벽부터 힘을 쏟은 여포는 문루에 앉아 잠시 휴식을 취했다. 그러자 송헌이 주위 사람들을 물린 뒤 기회를 엿보았다. 약해진 몸으로 오랜만에 전투를 벌인 여포가 깜빡 잠이 들었을 때였다. 송헌이 얼른 방천화극을 집어 들고 위속이 준비한 밧줄로 여포를 꽁꽁 묶었다. 깜짝 놀라 깨어난 여포가 몸부림을 쳤지만 대세를 되돌리기에는 이미 늦고 말았다.

위속이 조조의 군사들을 향해 큰 소리로 외쳤다.

"여포를 사로잡았다!"

뜻밖의 낭보에도 조조 군사들은 도무지 믿지 않는 눈치였다. 여포를 잡았다고 속여 방심한 틈에 반격을 시도하려는 계략인지도 몰랐기 때문이다.

"못 믿겠으면 이걸 보시오!"

송헌이 여포의 방천화극을 성 밖으로 던졌다. 여포가 잡혔다는 것을 보여주는 결정적 증거였다.

"정말이로구나. 성을 점령하라!"

성문이 활짝 열리고 조조 군사들이 앞다투어 달려가 성안을 유린했다. 고순과 장요는 서문에서 물길에 막혀 도망도 못 가고 사로잡혔고, 진궁은 말을 타고 도망가려다 서황에게 사로잡혔다.

조조가 군사들에게 명령했다.

"터놓았던 강둑을 막고 백성들을 안심시켜라!"

강물은 줄어들었고, 군사들은 방을 붙여 백성들을 안심시켰다. 조조는 유비와 함께 문루에 올라가 앉았다. 관우와 장비가 두 사람을 호위했다. 뒤이어 포로들이 줄줄이 끌려 들어왔다. 맨 앞에 여포가 있었다. 우리에 갇힌 호랑이처럼 독이 오른 여포가 조조 옆에 서 있는 후성과 위속, 송헌을 보고 이를 갈며 소리쳤다.

"내가 너희들을 서운치 않게 대접했거늘 어찌하여 나를 배반했느냐?"

송헌이 말했다.

"네놈은 처첩의 말만 듣고 장수들의 얘기를 듣지 않았다. 그러고도 우리를 대접했다는 것이냐?"

여포는 말문이 막혀 쏘아보기만 했다.

이어 고순이 끌려왔다.

"너는 왜 여포를 도운 것이냐?"

"……"

조조의 물음에 고순은 아무 말도 하지 않았다. 그는 죽음을 각오한 듯했다. 묻는 말에 대답이 없자 조조가 목을 베라 명했다.

다음에 끌려온 이는 진궁이었다. 오랜만에 진궁을 만난 조조가 감개무량한 듯 물었다.

"그간 별고 없었는가? 자네가 나와 함께했으면 얼마나 좋았겠나? 왜 내 곁을 떠났는가?"

진궁은 모든 것을 내려놓은 표정으로 말했다.

"내가 그대 곁을 떠난 것은 그대의 마음이 바르지 않기 때문이오."

"내가 바르지 않은 자라면 그대는 어찌하여 여포 같은 자의 심복이 되었는가? 여포는 바르단 말인가, 하하하!"

"여포는 비록 지혜가 없고 아둔하지만 그대처럼 간사하거나 음험하지 않소."

"그래? 자네는 지혜가 많은 자라 얘기했는데, 어쩌다 내 포로가 된 것인가?"

"여포가 내 말을 안 들어 어쩔 수 없었소. 내 말만 들었어도 이렇게 되지는 않았을 텐데……."

"지금이라도 마음을 바꿔 먹는 게 어떤가? 나와 함께 천하를 도모해보는 것이."

"더 큰 모욕 주지 말고 죽여라!"

진궁이 단호하게 말했다.

"듣기로는 그대에게 노모와 처자가 있다고 하던데, 식구들은 어쩌라는 말인가?"

"효로써 천하를 다스리는 자는 남의 부모를 해치지 않으며, 덕으로써 천하를 다스리는 자는 남의 후사를 끊지 않는다고 들었소. 내 어머니와 처자도 그대 손에 목숨이 달렸을 뿐 내 간여할 바 아니오. 나는 죽기를 청할 뿐이니 어서 죽이시오!"

조조는 옛 추억이 떠올랐다. 진궁이 자신을 구해 주지 않았다면 오늘날 여기까지 오지 못했을 거라는 생각이 들었다. 진궁이 형장으로 걸어가는 길에 옆에 있던 장수들이 말렸다. 물론 조조가 시킨 것이었다.

"승상과 함께 새 세상을 만들어 봅시다."

"과거의 인연도 있는데 이렇게 죽기는 아깝지 않소?"

그러나 진궁은 말없이 성루 아래로 걸어갔다. 조조는 저도 모르게 일어나 눈물을 흘렸다. 진궁이 아까웠던 것이다.

"어서 죽여라!"

진궁은 조조의 간청도 듣지 않고 목을 내밀어 형장의 이슬이 되었다. 조조는 진정으로 슬퍼하며 예를 갖춰 장사를 지냈고, 진궁의 어머니와 처자를 허도로 데려와 편안하게 살도록 조치했다.

진궁이 죽든 말든, 여포는 자기 살 궁리를 하며 유비에게 애걸했다.

"유공, 그대는 오늘날 높은 곳에서 나를 내려다보고 나는 죄인이 되었소. 날 위해 변호의 말을 한마디 해주시오."

유비는 말없이 여포를 내려다보았다. 조조가 진궁을 보내고 다시 문루로 올라오자 여포가 애걸복걸했다.

"조공, 내가 항복했으니 그대는 나의 대장이 되지 않았소? 내가 그대를 도우면 천하를 쉽게 얻을 것 아니오? 나를 살려 주시오."

조조가 날카로운 눈매로 유비를 바라보았다.

"여포가 저리 말하는데 유공은 어찌 생각하시오?"

"글쎄요, 저는 갑자기 정원과 동탁이 떠오릅니다."

유비의 말은 정원을 배신하고 나서 다시 동탁을 배신한 여포의 행적을 잊지 말라는 뜻이었다.

"이런 배은망덕한 놈, 내가 너를 그리 도와줬건만……."

유비의 말에 여포가 비명을 지르듯 소리쳤다. 조조도 고개를 끄덕였다. 또 받아 주면 여전히 배신할 수 있는 자가 여포라는 것을 알기 때문이다.

"저자를 끌어다 목을 쳐라!"

여포는 끌려가면서도 유비에게 오만 험담을 퍼부었다.

"돗자리나 짜던 이 촌놈아, 내가 활로 방천화극을 맞혀 구해 준 걸 잊었더냐?"

그때 누군가가 여포를 꾸짖었다.

"이 졸렬한 놈, 죽을 바에는 차라리 당당하게 죽어라! 목숨 구걸하지 말고!"

돌아보니 장요가 군사들에게 끌려오고 있었다.

조조가 장요를 보고 말했다.

"이자는 어디서 본 얼굴인데?"

장요가 껄껄 웃었다.

"허허, 복양성에서 만났는데 그새 잊었더냐?"

"그래, 맞다!"

여포와 조조가 복양성에서 맞붙었을 때 조조가 화공을 당해 큰 위기에 빠진 적이 있었다.

"어서 죽여라. 그날 불이 조금만 더 기세가 좋았더라면 너를 태워 죽였을 텐데, 그렇게 못 돼 안타까울 뿐이다."

조조가 불같이 화를 냈다.

"싸움에서 패한 자가 감히 나를 능멸하느냐? 내가 직접 죽이겠다."

조조가 칼을 뽑아 들고 나섰지만 장요는 눈빛조차 흔들리지 않았다. 그때 유비가 조조의 팔을 붙잡았다.

"승상, 이렇게 충직한 자는 살려 두셔야 합니다."

관우도 나섰다.

"저는 장요가 충신이라는 것을 이미 알고 있었습니다. 저자를 살려 주십시오."

조조도 소문을 들어 알고 있었다.

"장요가 의리 있다는 것은 나도 알고 있소. 과연 정말 그런가 싶어 시험해 보았을 뿐이오."

조조가 예의를 갖춰 장요를 풀어 주고, 자신의 옷을 입혀 주고 나서 상좌에 앉혔다. 장요는 조조와 유비, 관우가 예의를 갖춰 대하는 것을 보고 감격했다.

"그대를 중랑장에 임명하고 관내후로 봉하겠소!"

조조는 그 밖의 장수들에 대한 상벌을 행하여 논공행상을 마무리 지었다. 조조가 군사를 거두어 허도로 돌아가는 길에 서주 백성들이 나와 절을 하며 청했다.

"승상, 유비 나리를 서주 목사로 임명해 주십시오. 부디 이 고을을 다스리게 해주십시오."

"걱정하지 마라. 유비는 공적이 커서 허도로 올라가 황제부터 뵙고 다시 돌아올 것이다."

"감사합니다, 승상!"

조조는 거기장군 차주에게 서주를 임시로 맡겨 놓았다. 허도에 닿은 조조는 특별히 승상부에서 가까운 저택에 유비를 머물게 했다.

"여기서 쉬고 계시오. 곧 황제를 알현하러 갑시다."

조조는 표문을 올려 유비가 세운 공로를 낱낱이 보고했다.

며칠 뒤 조조가 유비를 황제 앞으로 데려갔다. 조복을 반듯하게 차려입고 계단 아래에서 배알하자 헌제가 유비를 불러올렸다.

"들자하니 경은 나와 같은 성씨라 하던데, 조상이 누구인가?"

"신은 중산정왕 유승의 후손입니다. 효경황제 폐하의 현손으로서 할아비는 유웅이고, 아비는 유홍입니다."

"족보를 가져와 보라."

헌제는 족보를 가져오라 하여 신하에게 읽게 했다. 그 내용은 이랬다.

효경황제는 아들 열넷을 두었는데 그중 일곱째 아들이 중산정왕 유승이었다. 그 뒤로 자손들을 시대별로 훑어 내려간 결과 유비가 유홍의 아들임이 밝혀졌다. 헌제와 관계를 따져 보니 유비가 황제의 숙부뻘 되는 촌수†였다.

"하하하, 그대가 나의 숙부로군. 정말 반갑도다. 천하의 영웅 가운데 내 숙부가 있었어."

숙부를 맞는 예를 갖추며 헌제가 말했다.

"앞으로 나는 그대를 숙부로 부르겠노라."

그 말에는 의미심장한 기대가 담겨 있었다. 사실 헌제가 유비를 이토록 치켜세운 데는 조조가 막강한 힘을 가지고 있기에 유비가 자기 편이 되어 줄 거라는 기대가 있었기 때문이다. 이로써 유비는 좌장군 의성정후가 되었다. 헌제가 베푼 큰 잔치를 마친 뒤 유비는 세간에서 유황숙으로 불렸다. 황제의 숙부라는 뜻이었다.

유비가 헌제의 삼촌뻘이라는 얘기는 《삼국지연의》에서 그럴싸하게 만든 허구에 불과해. 황실의 친척이라는 구실만으로 족보를 찾아 따지기 힘든 것이 당시의 상황이었지.

9
텃밭 가꾸는 유비

유비가 황숙이 된 뒤 조조는 가까운 거리에서 유비를 감시하고 동태를 면밀히 살폈다. 유비가 중앙 정계에 널리 이름을 알리고 사람들의 관심을 끌었기 때문이다. 조조는 마음속에 큰 야망을 품고 있었지만 그 역시도 가끔 몸을 낮추고 조정 대신들의 눈치를 살폈다. 모사인 정욱은 조조에게 어서 빨리 패업을 이루라고 재촉했다. 그러나 조조는 황제에게 충성하겠다는 고굉지신†이 여전히 많다는 이유를 들어 신중한 처사를 보였다. 보다 못한 정욱이 한 가지 계책을 냈다.

"승상께서 민심을 읽고 싶으시다면 사냥을 나가시는 게 어떻습니까?"

"사냥이라?"

"사냥을 나가면 민심도 살필 수 있고 사람들의 또 다른 모습을 보실 수도 있습니다."

조정의 황제 앞에서 머리를 조아리고 공식적인 업무 얘기만 하다 사냥을 나가면 생각지도 못했던 신하들의 또 다른 개성이 드러나는 법이다. 조조는 좋은 생각이라 여겨 사냥을 준비했다.

헌제는 조조의 말을 마땅찮게 여겼다.

"지금 이런 시국에 사냥을 나가는 것은 민폐가 될 듯하오."

"아닙니다. 사방이 혼란하고 제후들이 날뛸 때 황제께서 사냥을 하면서 위용을 보여주시는 것도 큰 도움이 됩니다."

헌제는 조조의 청을 거절할 수 없어 조정 대신들과 함께 사냥 행사를 나가기로 했다. 유비도 관우, 장비와 함께 병장기를 들고 무장한 뒤 황제를 따라 허도를 빠져나왔다.

십만 명을 거느리고 들판으로 사냥을 나간 황제 일행의 위세가 자못 웅장하여 전쟁터를 방불케 했다. 황제가 맨 앞에서 말을 타고 달릴 때 조조가 바로 옆에서 말머리 하나만큼 처

여기서 잠깐!!

고굉지신(股肱之臣)은 몸에서 다리와 팔같이 중요한 신하라는 뜻이야. 임금이 가장 신임하는 신하를 이르는 말이지. 순임금(중국 태고의 천자)이 우임금(중국 하나라의 시조)에게 뒷일을 부탁할 때 이렇게 말했대. "신하들은 짐의 팔과 다리요, 눈과 귀가 되어야 하오." 《서경》〈익직(益稷)〉편에 나오는 말인데, 우임금의 신하인 백익(伯益)과 후직(后稷)의 공을 널리 알리면서 칭찬한 것에서 기원해.

지는 위치에 따라붙었다. 황제에 버금가는 위상을 보여준 것이다.

황제가 도착하자 유비가 나서서 영접했다.

"폐하, 문안드리옵니다."

"오, 황숙의 사냥 솜씨는 어떠하오? 어디 한번 보고 싶소."

황제의 청에 따라 유비가 숲에서 나온 토끼를 활로 쏘아 잡았다.

"허허, 역시 황건적을 토벌하던 솜씨가 살아 계시오."

그때 숲속에서 몰이꾼에게 내몰린 사슴 한 마리가 튀어나왔다.

"사슴이다! 폐하 쪽으로 몰아라!"

몰이꾼들이 사슴을 황제 쪽으로 뛰게 만들었다.

"폐하께서 쏘십시오!"

주위에서 황제 전용 활을 건네며 쏘기를 권했다.

"그럼 내가 한번 쏴 보지."

황제가 화살을 메겨 여러 차례 쏘았지만 어찌 된 일인지 모두 빗나갔다.

"잘 안 맞는구려."

헌제가 옆에 있던 조조에게 말했다.

"승상이 한번 쏴 보시오."

"화살을 빌려주십시오."

조조는 황제가 쓰는 황금 촉이 박힌 화살을 빌려 달아나는 사슴에 대고 활시위를 당겼다. 빠르게 날아간 화살은 그대로 명중해 사슴이 나뒹굴었다. 쓰러진 사슴에게 다가간 신하들은 금으로 만든 화살이 꽂혀 있자 황제가 맞힌 줄 알고 만세를 외쳤다.

"황제 폐하, 만세! 만세!"

몰이꾼을 포함해 수만 명이 엎드려 경하하는 장면은 장관이었다.

그때 기겁할 일이 생겼다. 조조가 황제 앞으로 나아가 거만하게 손을 흔들었다. 신하들이 황제를 축하하는데 그 축하를 조조가 받은 것이다.

"아니, 승상이 왜 축하를 받는 거야?"

"황제의 화살인데, 어찌 된 일이지?"

"승상이 쏘셨답니다."

"그렇더라도 감히 황제 앞에 나서서야 쓰나."

사람들이 수군거릴 때였다. 유비 뒤에 서 있던 관우 눈에 핏발이 섰다. 순간적으로 끓어오르는 분을 못 참아 청룡도를 번쩍 들고 나가 조조의 목을 치려 했다. 그때 유비가 얼른 손을 내밀어 관우를 끌어당겼다.

"하지 마라!"

유비가 낮은 목소리로 말리자 관우는 눈을 질끈 감았다. 분노를 그대로 표출함으로써 일이 이루어지는 경우는 없는 법이다. 일촉즉발의 상황에도 아랑곳하지 않고 조조는 신하들의 환호를 즐겼다.

유비가 두 손을 모으며 축하의 말을 건넸다.

"승상의 솜씨는 녹슬지 않았습니다. 역시 신궁이십니다!"

"하하하! 황제의 복으로 맞힌 것이지, 어찌 내가 맞혔다고 할 수 있겠소?"

칭찬을 슬쩍 비껴간 조조는 잔칫상이 차려진 자리로 말을 몰았다. 그날의 일은 이어진 한바탕 잔치에 묻히는 듯했다.

허도로 돌아와 처소에서 쉬고 있는 유비에게 관우가 다가왔다.

"형님, 제가 역적 놈의 목을 치려 했을 때 왜 말리셨습니까? 조조의 오만방자함을 두 눈으로 똑똑히 보시지 않았습니까?"

"아우야, 치솟는 화로 말하자면 내가 너보다 더하면 더했지 못하지 않았을 것이다. 그 순간 주변을 둘러보았느냐? 사방이 온통 조조의 심복으로 가득한데 경솔하게 행동했다가는 뒷일을 감당할 수 없게 된다. 그래봤자 또 다른 동탁, 또 다른 이각과 곽사 같은 도적놈이 나라를 차지할 것 아니냐?"

"맞는 말씀이지만 오늘 조조의 목을 치지 않은 것은 후회하실 겁니다. 그자는 분명 나라의 화근 덩어리입니다."

"그런 말 함부로 하지 마라. 누가 들을까 두렵다."

하지만 이날의 일은 처음부터 끝까지 조조가 계획하고 저지른 오만의 결과물이었다. 어떤 자들이 자신에게 반감을 갖고 있는지 파악하기 위한 교활한 시험대였다.

사실 조조가 오만한 모습을 보일 때 못 본 척 빙긋이 웃던 헌제는 궁으로 돌아와 낮에 있었던 일을 복 황후에게 털어놓으며 하소연했다. 다른 누구에게도 꺼낼 수 없는 말이었다.

"내가 즉위한 뒤 동탁에게 죽을 고비를 넘겼고, 이각과 곽사에게도 시달림을 받았소. 조조를 만났을 때 비로소 진정한 충신을 만난 줄 알았소. 나를 보호해 주고 편안한 생활을 하게 해주었으니까. 그런데 이자가 지금 권력을 제멋대로 휘두르니 어쩌면 좋소?"

황후는 황제의 비통 어린 말을 듣고 눈물을 흘렸다.

"마음을 편히 가지시옵소서, 폐하!"

"그자를 볼 때마다 분을 참을 수 없소. 그런 자가 오늘 사냥터에서 내 화살로 사슴을 쏘더니 신하들의 축하 인사에 답례까지 했소. 마치 황제라도 된 것처럼 말이오. 이렇게 무례한 신하는 일찍이 본 적이 없소. 이러다 우리가 그자의 손에 어떻게 되는 건 아닌지 모르겠소. 한심한 내 처지가 그저 답답할 따름이오."

복 황후도 눈물을 지으며 말했다.

"대신들은 도대체 무엇을 했단 말입니까? 한나라의 녹을 먹는 자들이 그 꼴을 보고만 있었답니까?"

그때 밖에서 누가 들어오며 문안을 여쭈었다.

"폐하, 소신이옵니다!"

복 황후의 아버지인 복완, 황제의 장인이었다.

"장인께서도 보셨습니까?"

복완이 엎드려 통곡했다.

"흑흑, 저도 보았습니다. 하나 문무백관이 모두 조조의 심복에다 제가 힘이 없어 그 자리에서 조조의 목을 치지 못했사옵니다."

"이 원통함을 어찌 푼단 말이오?"

"폐하, 심려 마시옵소서. 제가 거기장군 동승†을 불러 얘기해 보겠습니다."

"동 국구가 충신이라는 걸 내가 익히 알고

동승은 영제의 모친인 동 태후의 조카야. 황제인 헌제에게는 아저씨뻘 되는 사람이지. 《삼국지연의》에서는 동 귀비의 오빠라고 나오지만 정사에 의하면 동 귀인의 부친이야.

있소. 어서 들어오라 하시오."

"그건 아니 되옵니다. 지금 폐하의 주변에는 조조의 심복과 밀정들이 수두룩하게 깔려 있습니다. 신하들을 모아 얘기하시다 자칫 잘못하면 그 말이 조조의 귀에 들어가 탄압의 빌미만 주기 십상입니다. 제게 한 가지 생각이 있습니다. 폐하께서 비단옷과 옥대를 동승에게 선물로 내리시되, 은밀히 밀서를 집어넣고 꿰매 동승이 집에 가서 뜯어보게 하면 폐하의 뜻을 알 것입니다."

"그래, 그게 좋겠소."

헌제가 복완을 돌려보낸 뒤 손가락을 깨물어 흰 비단에 혈서를 썼다. 구구절절 자신의 뜻을 밝힌 글이었다. 황후가 혈서 쓴 비단을 옥대에 집어넣고 비단을 안팎으로 덧대어 정성스럽게 꿰맸다. 헌제는 입고 있던 금포 위에 그 옥대를 두른 뒤 동승을 불렀다.

동승은 조복을 입고 들어와 헌제에게 예를 올렸다.

"불러 계시옵니까?"

동승이 머리를 조아리며 예를 올리자 헌제가 말했다.

"황후와 함께 내가 어린 시절 겪었던 어려움을 얘기하다 동 국구가 나를 도와준 일이 생각났소. 내가 장안에서 낙양으로 올 수 있게 도와준 은혜에 보답코자 이렇게 부른 것이오."

"황공하옵니다. 이미 오래전 일입니다."

헌제가 갑자기 동승에게 물었다.

"우리 한나라가 대체 어떤 나라인지 아시오? 시조께서 어떻게 천하를 평정하고 나라를 세우셨소?"

동승이 깜짝 놀라 대답했다.

"제가 어찌 신하로서 그것을 모르겠사옵니까? 고황제께서는 사상이라는 지역에서 정장(亭長)을 맡아 보던 미천한 신분이었지만 삼척검을 휘둘러 흰 뱀†을 베시고 의를 일으켜 천하를 횡행하셨습니다. 그러다 삼 년 만에 진나라가 망하고 오 년 만에 초나라를 멸망시켜 나라를 세운 게 아니옵니까?"

"맞소. 그러한 영웅을 조상으로 두고도 이 못난 자손은 이렇게 나약하고 어리석기 짝이 없소."

황제가 한숨을 쉬자 동승이 말했다.

"폐하, 미약한 신하이지만 분부를 내려 주시옵소서. 무엇을 고대하고 계신지요?"

"그대도 나에게 충성을 다하기 바라오. 우리 고황제께 장량†과 소하†가 있었듯이 말이오."

"제가 어찌 두 분을 따를 수 있겠습니까?"

"당시 경이 나에게 베푼 은혜를 잊지 않고 있는데 내가 보답을 못 해서 늘 마음에 걸렸소. 지금이라도 작은 정성으로 이 금포와 옥대를 내리니 가져가시오. 이걸 보며 나를 보듯 충성을 다하는 마음 잊지 말기 바라오."

진시황릉을 만드느라 수많은 사람들이 노역에 시달릴 때 정장인 유방도 죄수들을 끌고 가야만 했어. 하지만 도중에 모두 도망치는 바람에 책임자로서 목숨이 위태로워졌지. 유방은 차라리 죄수들을 다 풀어 주고 자신을 따르는 십여 명만 데리고 길을 가다 큰 뱀을 발견했어. 유방은 대장부 가는 길에 뱀 따위가 길을 막느냐며 칼로 베었다고 해. 그때 뱀이 죽은 곳에서 노파가 통곡하며 외쳤어. "내 아들 백제(白帝)가 방금 적제(赤帝)에게 죽었다." 이때부터 유방은 자신에게 특별한 소명이 있음을 깨달았다고 해.

장량은 한나라의 명재상이야. 항우에게 밀리던 유방을 도와 함양을 돌파하게 하고, 전쟁에서 목숨을 구해 주는 등 많은 공을 세웠어.

소하는 진(秦) 말기와 전한 초기의 정치가야. 유방의 참모로서 그가 천하를 얻도록 도왔으며, 전한의 초대 상국을 지냈어. 한신, 장량과 함께 한나라의 삼대 영웅으로 꼽혀.

왕이 입던 옷과 쓰던 띠를 신하가 받는다는 것은 큰 영광이었다.

"성은이 망극하옵니다!"

동승이 눈물을 흘리며 옷을 받아들자 황제는 돌아서 안으로 들어갔다. 동승은 황제의 선물을 들고 나오면서도 고개를 갸웃했다. 다른 신하들도 황제를 구하기 위해 무던히 애를 썼는데 왜 자신만 불러 금포와 옥대를 주었는지 알 수 없었다.

동승이 궁에서 나오는데 그 소식이 벌써 조조의 귀에 들어갔다. 황제가 동승을 따로 부른 것을 사방에 심어 둔 염탐꾼이 보고했던 것이다.

조조는 승상부에서 나와 바람처럼 궁으로 달려갔다. 궁 입구에서 동승과 조조가 정면으로 마주쳤다. 동승이 살짝 옆으로 비켜서자 조조가 다가와 물었다.

"국구는 어쩐 일로 입궐하셨소?"

"폐하께서 부르셔서 입궐했다가 생각지도 않은 상을 받고 돌아가는 길입니다."

"무슨 상이오?"

"이것입니다."

동승이 옥대와 금포를 보여주었다. 그러자 조조가 다시 물었다.

"내가 입어 봐도 되겠소이까?"

그 안에 뭔가 있을 거라 생각은 했지만 머뭇거리면 눈치 빠른 조조가 더욱 의심할 듯싶었다. 이왕 이렇게 된 일이라 국구는 어쩔 수 없다는 심정으로 조조에게 옥대와 금포를 건네주었다. 조조가 금포를 입고 옥대를 두른 뒤 시종들에게 물었다.

"어떠냐? 잘 어울리느냐?"

조조의 시종들이 고개를 조아렸다.

"참으로 잘 어울리십니다."

"어허, 승상인 나도 여태까지 이런 상을 못 받았는데, 국구가 참으로 부럽소이다."

금포를 찬찬히 살피는 조조를 바라보는 동안 동승은 등에 식은땀이 흘렀다.

"원하시면 다 가져가십시오."

동승이 오히려 줄 태세를 보이자 조조가 손을 저었다.

"아니오. 어찌 폐하의 선물을 내가 받겠소? 가져가시오."

긴장된 순간을 모면하고 집으로 돌아온 동승은 주위 사람을 물리고 밤늦은 시간까지 등불을 밝히고 옥대와 금포를 꼼꼼히 살폈다. 그러나 어디에도 이상한 점이 보이지 않았다.

"옥대와 금포를 주신 것은 뭔가 사연이 있다는 뜻일 텐데……."

금포는 결 좋은 고급 비단으로 만들어 위엄이 느껴질 뿐이었고, 옥대 또한 자줏빛 비단이 더없이 아름답지만 달리 그 이상의 것이 없었다. 동승은 마음이 초조했다. 그러다 피곤하여 엎드려 잠깐 조는 사이에 등불 심지가 세차게 타오르다 불똥이 튀어 옥대에 떨어졌다. 그 바람에 옥대에 구멍이 나고 말았다.

"아이쿠, 이런 변이 있나. 폐하께서 주신 옥대에 구멍이……."

그 순간 구멍 난 비단 아래 하얀 비단이 보였다. 얼핏 핏자국도 보이는 듯했다. 두근거리는 마음으로 옥대의 솔기를 뜯자 안에서 흰 비단이 나왔다. 황제의 혈서였다.

최근에 조조가 권세를 부려 나를 짓누르고 패거리를 만들어 나라를 흔들고 있소. 상을 주고 벌을 내리는 것도 내 뜻이 아니라 조조의 뜻대로 이루어지니, 짐은 밤낮으로 나라 걱정으로 잠을 이룰 수가 없소.

경은 이 나라의 대신이고, 게다가 나의 친척으로서 선조께서 창업하신 이 나라를 생각해 열사를 모아 조조 일당을 제거하고 사직을 바로잡아 주기 바라오.

짐이 혈서로 이것을 쓰나니, 신중하게 기대에 어긋남이 없도록 해주기 바라오.

-건안 4년 봄 3월

혈서의 피가 아직 다 마르지 않아 붉은 기운이 군데군데 남은 것을 보고 동승은 통곡했다.

"으어어어! 이 불충한 신하를 용서하소서, 폐하!"

동승은 밤을 새워 혈서를 읽고 또 읽으며 눈물을 흘렸다. 황제의 기대에 부응할 방법을 찾았지만 뾰족한 수가 떠오르지 않았다. 그러다 아침이 되어서야 탁자에 기대앉아 잠이 들었다.

그때 시랑이었던 친구 왕자복†이 찾아왔다. 왕자복은 동승과 격의 없이 지내는 사이라 시도 때도 없이 집을 드나들었다. 황제의 부름을 받고 궁에 들어갔다는 소식을 듣고 무슨 일이 있었는지 알아보려 찾아온 것이다. 곤히 자는 동승의 팔 밑에 흰 비단이 깔려 있었다. 이상하게 여긴 왕자복이 동승의 팔을 들추고 흰 비단을 보았다.

'아니, 이것은?'

혈서를 읽은 왕자복은 누가 볼까 싶어 재빨리 흰 비단을 소매 안에 감추었다. 그리고 태연하게 동승을 깨웠다.

"동 국구, 일어나시게! 허허허, 어찌 이리 곤히 주무시나?"

깜짝 놀란 동승이 벌떡 일어났다.

"해가 중천에 떴네. 밤새 무얼 하셨기에 이 시각까지 한밤중인가?"

동승이 허둥지둥 혈서를 찾아 눈알을 굴렸다. 하지만 흰 비단이 보이지 않아 가슴이 덜컥 내려앉았다.

"조조에게 내가 큰 상을 받을 일이 있네."

왕자복의 너스레에 눈치를 챈 동승이 모른 체하고 물었다.

"그게 무슨 소린가?"

"내가 여기서 아주 중요한 문서를 발견했네. 이걸 승상에게 가져다주기만 하면……."

"아, 제발 그러지 말게. 그러면 이 나라는 이대로 끝이네."

왕자복은 한참 웃은 뒤 정색하고 말했다.

왕자복은 후한 말의 대신이야. 헌제 때 공부시랑을 지냈고, 동승과 교분이 두터웠어. 정사에서는 벼슬이 조금 다르긴 하지만 동승과 왕자복의 관계를 보면 친구 따라 강남 간다는 말이 틀린 말이 아님을 알 수 있지. 죽음까지 같이하기 때문이야.

"농담이네, 농담! 우리 조상도 한나라의 녹을 먹은 분들이라네. 혈서는 나도 보았네. 혹시 그대가 어떤 마음인지 알아보려고 농담을 한 것이라네."

"그렇다면 참으로 다행이네."

"황제의 뜻을 받들어 나라의 적인 조조를 함께 없애 버리세. 내가 여기에 온 것은 아무래도 하늘의 뜻인 듯싶네."

"그대가 나를 도와준다니, 그대는 정말 하늘이 보낸 사람일세."

왕자복이 거들겠다고 나서자 동승은 희망이 보였다.

"우리 서명을 해서 연판장을 만드세. 설령 일이 잘못돼 발각당해 구족이 몰살하는 멸문지화를 당하더라도 한나라를 바로 세우자는 뜻에서 말일세."

"그거 좋네!"

동승은 흰 비단에 자기 이름을 썼고, 왕자복도 그 옆에 서명을 했다. 그러고 나서 누구와 함께 이 일을 도모할지 궁리했다.

"우리 둘만 나선다고 되는 일이 아니네. 적어도 열 사람은 있어야 할 걸세."

"오자란 장군이 나와 친구라네. 그도 분명히 함께할 것이야."

왕자복의 말에 동승도 보탰다.

"장수교위 충집과 의랑 오석도 나의 부하니 함께하면 좋겠네."

그때 호랑이도 제 말 하면 온다고 동승의 심복인 충집과 오석이 찾아왔다. 동승은 왕자복에게 잠깐 병풍 뒤에 숨어 있으라 이르고 그들을 맞았다.

"마침 잘 왔다. 하늘이 돕는 모양이구나."

두 사람은 들어오면서부터 씨근벌떡거렸다.

"천하의 역적 조조를 이대로 살려 둘 수 없지 않습니까?"

"공께서도 사냥할 때 조조의 행태를 보시지 않았습니까?"

충집과 오석은 조조의 오만함에 분통을 터뜨리는 중이었다.

"어허, 나야 아무 생각이 없네. 분하긴 하지만 어쩌겠나?"

"역적을 당장이라도 죽여 본을 보여야 하는데 뜻을 같이할 사람이 없는 게 한입니다."

"조조만 죽일 수 있다면 저는 죽어도 여한이 없습니다."

그때 왕자복이 큰소리치면서 병풍 뒤에서 나왔다.

"이놈들! 너희들이 조 승상을 죽인다니, 내 당장 관에 발고하여 상을 받을 것이다. 동 국구는 증인이 되어 주시오."

충집이 오히려 맞받아쳤다.

"우리는 죽어도 한나라 귀신이오. 도적놈에게 아부나 하는 간신 따위와는 다르단 말입니다."

두 사람이 당당한 태도를 보이자 동승이 해명했다.

"잘 알았네. 흥분을 가라앉히게. 역시 그대들은 내 생각대로 한나라의 충신이 맞구려."

비로소 동승이 황제의 조서를 보여주자 두 사람은 부들부들 떨며 눈물을 흘렸다.

"제 목숨을 바치겠습니다."

"이 일에 반드시 참여하겠습니다."

충집과 오석은 동참하기로 하고 흰 비단에 이름을 적었다. 추후로 장수 오자란을 청해 역시 맹약을 나누었다. 이렇게 비밀 결사에 참여하는 충신이 하나씩 늘어 가는데 마등†이 찾아왔다.

"나리, 서량 태수께서 찾아오셨습니다."

"몸이 안 좋으니 나중에 뵙자 한다 전해라."

동승의 말을 전해 들은 마등이 화를 내며 내당으로 들어왔다.

"국구, 어제 금포와 옥대를 들고 궁에서 나오는 걸 봤는데 병이라니? 웬 거짓말이오?"

동승이 누워 있다가 몸을 일으켜 문밖으로 나왔다.

"어쩐 일이시오?"

마등이 마땅찮은 얼굴로 눈인사를 하고 말했다.

"황제를 뵙고 서량 땅으로 가게 되어 인사하러 왔는데 어찌 나를 박대한단 말이오?"

"용서하시오. 몸이 안 좋아 그랬소이다."

"몸이 안 좋다고요? 병자라는 사람 얼굴에 화색이 가득합니다. 나에게 무엇을 숨긴단 말이오?"

"그럴 리가 있소이까?"

"에잇, 어지러운 나라를 구하려는 사람은 없고 이렇게들 즐거움에만 빠져 있으니……."

마등이 혀를 차며 돌아가려 하자 동승이 붙잡았다.

"그게 무슨 말이오?"

"국구는 못 보셨단 말이오? 조조 그자가 사냥터에서 한 짓을. 그 생각만 하면 지금도 숨이 막힌단 말이오. 그런데 국구는 황제의 친척으로 얼굴에 화색이 가득하니, 누가 이 나라를 구하겠소?"

"어허, 무슨 말씀을 하시는 거요? 조 승상은 이 나라를 이끌어 가는 대신이오. 조정이 그분에게 의지하고 있는데 어찌 그런 무도한 말을 하는 것이오?"

"공은 아직도 조조를 믿는단 말이오?"

"어허, 정말……. 목소리를 낮추시오."

"에잇, 부귀영화에 눈먼 자와 내가 어찌 상종하겠소?"

마등이 돌아 나가려 하자 동승은 더 의심하지 않고 안으로 불러들여 황제의 조서를 보여주었다. 조서를 읽는 동안 마등의 눈에 핏발이 서고 입술을 심하게 깨물어 피가 새어 나왔다. 분을 참지 못한 마등이 자리를 박차고 일어났다.

"명령만 내리면 내가 서량에서 군사를 일으키겠소!"

"자자, 성급하게 결정할 일이 아니오."

동승은 병풍 뒤에 숨어 있던 왕자복을 비롯해 결사를 맺은 사람들을 나오게 해서 마등에게 소개했다.

마등은 후한 말의 무장으로 서량 태수야. 무릉현 사람으로 어머니가 강족이라 관서 일대에서 독자 세력을 가지고 있었지. 말년에는 세력을 장남 마초에게 맡기고 다른 가족들과 조정으로 들어갔다가 조조에게 멸문의 화를 당하고 말아.

"죽을 각오로 이 맹세를 저버리지 맙시다."

마등이 비단에 이름을 적은 뒤 말했다.

"왜 유 황숙과는 의논하지 않는 것이오?"

"유 황숙?"

"그렇소. 예주 목사 유현덕 말이오. 지금 가까운 곳에 있지 않소?"

동승이 고개를 저었다.

"그 사람은 비록 황숙이라곤 하지만 조조의 식객으로 있는 자요. 우리와 함께하기 어렵소."

"아닙니다. 내가 사냥할 때 보았소. 조조가 건방을 떨자 옆에 있던 관우가 목을 치려 몸을 움찔하는 것을 유비가 막더이다. 주변에 조조의 부하들이 깔려 있어 실행을 못 했을 뿐인 듯하오. 미심쩍으면 지금이라도 유비를 시험해 보면 알 겁니다."

"그게 좋겠소이다."

다음 날 밤늦은 시각, 동승은 황제의 조서를 품고 유비를 찾아갔다. 작은 누각으로 가서 유비를 만난 동승이 예를 갖추었다. 여느 때처럼 관우와 장비가 유비의 곁을 지켰다. 유비는 깊은 밤에 찾아온 동승을 보고 사연이 있겠거니 짐작하며 물었다.

"동 국구께서 어찌 이 미천한 이를 찾아오셨습니까?"

"일부러 주위의 눈을 피해 밤중에 왔소이다."

조촐한 술상이 나오자 동승이 물었다.

"한 가지 여쭤볼 것이 있소."

"무슨 일이십니까?"

"사냥터에서 관우가 조조의 목을 치려 했을 때 왜 말리셨소?"

그 순간 유비와 관우의 얼굴이 굳어졌다. 남에게 보여서는 안 되는 모습을 들켰다고 생각했기 때문이다. 조조가 이제라도 죄를 물으려는 것이 아닌가 싶어 덜컥 의심이 들었다. 관우는 손에 쥔 청룡언월도에 은근히 힘이 들어갔다.

"그걸 어찌 보셨습니까?"

"남들은 못 봤지만 나는 분명히 봤소이다."

"죄송합니다. 제 아우가 조조의 무도함을 참지 못해 순간적으로 격분했습니다."

유비의 말에 동승이 갑자기 소매로 얼굴을 가리고 통곡했다.

"그랬구려, 으으으으! 모든 신하들이 그대의 아우인 관운장 같았다면 이 나라가 무엇이 걱정이며 왜 황제께서 슬피 우시겠습니까?"

동승이 눈물을 보이는데도 유비는 조조의 심복이 사방에 깔려 있어 쉽게 마음을 열지 않았다.

"무슨 말씀이십니까? 조 승상이야말로 지혜롭게 나라를 잘 이끌고 게시지 않습니까?"

동승이 벌떡 일어났다.

"아직도 나를 의심하시오? 황숙이라 찾아왔건만 나를 시험이나 한단 말이오?"

그제야 유비도 동승의 진심을 알고 예를 갖추었다.

"아닙니다. 혹시 나를 속이려는 건 아닌가 싶어 여쭤봤을 뿐입니다."

동승은 그동안의 사연을 자세히 들려주었다.

이야기를 듣고 난 유비가 물었다.

"그러면 조서를 받으셨단 말씀입니까?"

"내가 가지고 왔소."

동승이 흰 비단에 쓰인 혈서를 꺼내자 유비는 슬프고 분한 마음이 북받쳐 눈물을 흘렸다.

"아, 저의 불충이 하늘을 찌릅니다."

동승은 연판장도 꺼냈다. 여섯 사람의 이름이 적혀 있었다.

"유공도 여기에 이름을 적겠습니까?"

"물론입니다. 적겠습니다."

유비는 일곱 번째로 '좌장군 유비'라고 서명했다.

"이제 세 사람만 더 모이면 거사를 일으킬 수 있습니다."

동승은 유비와 의논하다 새벽이 되어서야 돌아갔다.

그날 유비와 관우, 장비는 모여서 의논했다.

"조조가 분명히 첩자들을 풀었을 테니 더욱 조심하셔야 합니다."

"그래, 그자가 안심하도록 해야겠다. 이럴 땐 농사짓는 것이 최고야."

유비는 그날부터 세상일과 담을 쌓은 뒤 텃밭을 가꾸었다. 밭을 갈고 씨를 뿌리고 풀을 뽑고 물을 주었다. 관우와 장비는 그것이 위장 전술임을 알기에 남들이 볼 때는 들으라는 듯 푸념했다.

"아니, 천하의 호걸께서 왜 소인들이 하는 일을 하십니까?"

아우들이 들으라는 듯 물으면 유비가 호탕하게 대답했다.

"보아라, 이 새싹을. 자라나는 새싹이 얼마나 아름다우냐?"

거름을 주는 유비의 몸에서 냄새까지 났다.

하루는 관우와 장비가 잠시 일을 보러 나갔다. 그사이에 느닷없이 허저와 장요가 군사를 거느리고 들이닥쳤다.

"무슨 일이오?"

가슴이 덜컥 내려앉았지만 유비는 애써 태연한 척했다.

"황숙을 모셔 오라는 승상의 명을 받았습니다."

"그러면 얼른 가야지."

유비는 떨리는 가슴을 억누르고 승상부로 향했다. 관우, 장비도 없이 혼자 가는 길이 두려웠지만 어쩔 수 없었다. 조조가 덫을 놓고 죽인다 해도 별 도리가 없었다.

유비를 만나자마자 조조가 물었다.

"요즘 집에 들어앉으셔서 큰일을 도모하신다고요?"

뜨끔했지만 유비가 넉살 좋게 대답했다.

"예, 천하의 근본을 가꾸고 있습니다."

"무슨 말이오?"

"농자는 천하지대본이라 하지 않았습니까? 농사를 지으면서 생명체의 고귀함을 깨닫고 있습니다."

"아하하, 농사꾼이 다 되셨구려."

"그렇습니다."

조조는 유비가 정말 농사꾼처럼 얼굴도 그을고 몸에서 거름 냄새도 나는 듯싶었다.

"사실은 매실주를 한잔 대접하려고 모셨소."

매실주를 대접하며 조조가 자신의 과거 이야기를 꺼냈다.

"이 매실주를 보니 생각납니다. 지난번에 장수를 치러 갔을 때 물이 떨어져 군사들의 갈증에 심했소. 그때 내가 한 가지 꾀를 냈소."

"무슨 꾑니까?"

"무턱대고 고개를 넘어가면 매실 밭이 있다고 그랬소. 그러자 군사들이 매실을 먹을 욕심에 입에 침이 잔뜩 고였다고 하오. 그 바람에 목마르다는 소리가 쏙 들어갔소. 그 생각이 나서 한잔하려고 모신 것이오."

조조는 유비에게 술을 따르며 이것저것 찔러 보았다. 하지만 그런 덫에 걸릴 유비가 아니었다. 술이 취해 주흥이 도도해질 무렵 빗방울이 떨어졌다. 이어 검은 구름이 하늘을 덮고 빗줄기가 굵어졌다.

"이런 날은 용이 승천하는 날이라 했소."

"아, 그렇습니까?"

"그대는 오랫동안 천하를 두루 돌아보았으니 영웅호걸을 많이 만났을 것이오. 혹시 진정한 영웅을 만났소? 용이라 일컬을 만한 자가 있더이까?"

"저의 눈으로 어찌 용을 보았겠습니까? 저는 그저 승상 덕에 벼슬을 하면서 편히 먹고 자고 있을 따름입니다."

"영웅을 보지는 못했다 해도 이름을 듣기는 했을 것 아니오?"

"정 물으신다면, 제가 볼 때는 회남의 원술이 영웅 아니겠습니까?"

"으하하하, 원술은 간교한 자요. 조만간 사로잡을 테니 두고 보시오."

유비가 다시 말했다.

"그렇다면 그의 사촌 형인 원소는 어떻습니까? 사대째 삼공을 지낸 명문가 출신으로, 동탁을 제거하려 제후들이 힘을 합쳤을 때 맹주를 맡지 않았습니까?"

"원소는 위엄 있는 자 같지만 담도 작고 결단력이 없소. 그를 영웅이라 하긴 곤란하오."

유비는 이렇게 이 사람 저 사람 이름을 들먹이며 조조에게 영웅이 아니냐고 물었다. 그때마다 조조는 그들이 갖고 있는 인품과 한계점을 정확하게 짚어 냈다.

"유공이 말씀하신 그런 소인배들은 영웅이라 말할 수 없소. 영웅이란 이른바 가슴에 큰 뜻을 품고 꾀를 가지고 우주를 끌어안는 자라야 하는 것이오."

유비가 되물었다.

"그런 사람이 지금 있기는 하단 말씀입니까?"

"왜 없소?"

"있습니까?"

"바로 이 자리에 있소. 지금 천하의 영웅은 유공과 이 조조뿐이오."

"무슨 말씀이십니까? 승상께서야 영웅이지만 저는 필부일 뿐입니다."

"허허, 그대야말로 충의로 민심을 얻고 사람을 따르게 하는 재주를 가진 사람이오. 그러니 어찌 영웅이 아니겠소?"

조조는 날카로운 눈으로 유비의 안색을 살폈다. 그때 하늘에서 번개가 섬광을 뿜어 번쩍 밝아졌다. 자칫하면 속셈을 들킬 수도 있는 위험한 순간이었다.

"꽈과꽝!"

약속이라도 한 것처럼 천둥이 세상을 뒤흔들었다.

"어이쿠!"

깜짝 놀란 유비가 들고 있던 젓가락을 떨어뜨렸다. 그 모습을 본 조조가 어이없다는 듯 물었다.

"이까짓 천둥이 두렵단 말이오?"

"부끄럽게도 저는 천둥 번개가 두렵습니다."

"하하하!"

조조는 속으로 생각했다.

'이렇게 소심한 자가 영웅일 리 없지.'

그때 후원 입구가 시끄러워졌다.

"형님, 어디 계시오? 형님!"

외출했던 관우와 장비가 유비를 찾아 들이닥쳤다. 칼을 들고 온 것을 보니 유비를 보호하려 한 게 분명했다.

"아니, 형님!"

후원 정자에 앉아 조조와 술을 마시는 유비를 보고 관우와 장비는 당황했다.

"형님, 괜찮으십니까?"

조조가 가는 눈을 치켜떴다.

"두 사람은 왜 칼을 들고 난입한 게냐?"

당황스러운 상황이었다. 조조를 의심한 꼴이 되었기 때문이다.

그때 관우가 표정 하나 안 바꾸고 말했다.

"승상께서 형님과 술을 드신다기에 아우인 저희가 검무라도 추어 흥을 돋울까 해서 왔습니다."

놀라운 재치였다. 조조가 날카로운 눈으로 노려보다 크게 웃었다.

"하하하, 너희들의 마음을 내가 다 안다. 여봐라, 여기 이 아우들에게 술을 주어라!"

조조는 관우를 좋아했다. 그래서 순발력 있는 그의 대답에 웃고 넘어간 것이다. 두 사람은 조조에게 인사하고 잔을 받았다. 술을 마신 뒤 관우와 장비가 어우러져 칼춤을 추었다.

술자리를 끝내고 집으로 돌아오는 길에 관우가 한마디 했다.

"형님, 저희는 무슨 변고가 생긴 줄 알고 크게 놀랐습니다."

유비는 조조와 있었던 일을 이야기했다.

"천둥 번개가 치기에 내가 젓가락을 떨어뜨리며 놀란 척을 했다."

"그게 무슨 말씀입니까?"

"느닷없이 텃밭을 가꾸니까 조조가 내 속마음을 떠보려고 부른 것이야. 다행히 천둥 번개에 놀라는 소심한 사람으로 비쳐 속마음을 들키지 않았구나."

관우와 장비는 유비의 기지에 감탄했다.

다음 날 유비가 역시 조조와 술자리를 갖던 중 원소를 정탐하러 갔던 정탐꾼이 놀라운 소식을 가져왔다.

"공손찬이 원소와의 전쟁에서 패해 죽었습니다. 원군을 청하러 보낸 군사가 원소 군사에게 붙잡혀 작전이 탄로 났는데, 그것도 모르고 작전대로 공세를 취하다 역공을 당해 참패했습니다. 그 영향으로 공손찬이 처자를 죽이고 자살했습니다."

유비는 깜짝 놀랐다. 이 세상에 유비를 세워 준 사람이 공손찬이었기 때문이다. 그러나 조조는 걱정부터 앞섰다.

"앞으로 원소가 대단한 기세를 발휘하겠구나."

정탐꾼이 말했다.

"그렇습니다. 공손찬의 군사를 얻어 원소의 군세가 몰라보게 커졌습니다. 원소의 아우인 원술과의 관계도 변수가 될 것입니다. 원술이 회남에서 백성들을 괴롭혀 인심을 크게 잃었습니다만……."

"둘의 관계가 어찌 될 것 같으냐?"

"원술은 차라리 황제 자리를 넘겨주겠다며 원소에게 옥새를 주기로 약조했다 합니다. 원술이 회남을 버리고 하북으로 갈 것 같습니다. 그렇잖아도 원소의 세력이 막강한데 원술마저 힘을 합치면 수습하기 어렵습니다. 승상께서 대책을 세우셔야 합니다."

조조는 머리가 복잡했다. 유비는 공손찬의 죽음 소식에 비통한 눈물을 흘렸다. 게다가 공손찬 밑에 조자룡이 있었는데, 그가 어디로 갔는지 감감무소식이라 더 마음이 아팠다. 조자룡은 유비가 도겸을 도울 때 공손찬 곁을 떠나왔으나 다시 공손찬에게 돌아간 뒤 소식이 끊어졌다.

하지만 위기는 곧 기회라고 했던가?

유비가 당장 조조에게 제안했다.

"승상께 한 가지 청을 드리겠습니다. 제가 그동안 승상의 신세를 많이 졌습니다. 이제 은혜를 갚을 때가 된 것 같습니다. 원술이 원소에게 의탁하러 간다면 반드시 서주를 통과해야 합니다. 저에게 군사를 주신다면 목숨 걸고 원술을 막아 그들의 힘을 분산시켜 놓겠습니다."

조조로서는 골치 아픈 문제를 덜어 낼 기쁜 제안이었다.

"그거 좋소! 황제를 뵙고 나서 곧장 떠나시오."

조조는 결단력 있는 장수라 당장 유비에게 군사 오만 명을 주고 서주를 방어하라 명했다.

이튿날 유비가 헌제에게 하직 인사를 하자, 헌제는 차마 붙잡지 못하고 눈물만 흘렸다. 떨어지지 않는 발길을 돌린 유비는 병마를 수습해 성 밖으로 나갔다.

동승이 따라와 눈물을 흘렸다.

"황숙께서 가시면 저희의 계획은 어찌합니까?"

"동 국구, 기다리십시오. 반드시 좋은 소식을 전하겠습니다."

동승을 보내고 유비는 그대로 군사를 몰아쳤다.

"어서 가자! 쉬지 마라!"

"형님, 왜 이렇게 서두르십니까? 군사들이 못 따라올 지경입니다."

관우가 사려 깊게 물었다.

"나는 그동안 조조의 손아귀에 갇혀 있던 물고기나 다름없었다. 그물에 걸린 물고기와 새장 속의 새가 아니었더냐? 이게 바로 내가 하늘로 날아가고 바다로 들어가는 길이다. 어찌 마음이 급하지 않겠느냐? 어서 달려라!"

유비는 군사들을 재촉해 빠르게 달려갔다.

이때 조조의 책사인 곽가와 정욱이 지방 시찰을 마치고 돌아왔다. 그들은 유비가 떠났다는 말을 듣고 조조에게 달려왔다.

"승상, 어찌하여 유비를 보내셨습니까?"

"원술이 원소와 합세하는 것을 막으려 그랬소만."

정욱이 강력하게 말했다.

"군사까지 딸려서 유비를 놔준 것은 용을 바다로 돌려보내는 것이고, 범을 산으로 돌아가게 한 것과 같습니다. 이제 그를 다시 잡기 어렵게 되었습니다."

곽가도 옆에서 거들었다.

"더 늦기 전에 유비를 불러오십시오. 적을 놓치면 화근을 부른다 했습니다."

듣고 보니 책사들의 말도 일리가 있었다. 유비 역시 자신과 같은 야망가였다.

"아차차, 내가 경솔했구나. 당장 유비를 불러들여라."

허저†가 오백 명의 기병을 이끌고 유비를 쫓아갔다. 한참 군사를 끌고 가는 유비의 행렬을 허저가 따라잡았다. 허저가 말 위에서 외쳤다.

"유 황숙은 잠시 멈추시오!"

"무슨 일로 왔는가?"

"승상의 명을 받들어 왔습니다. 승상께서 상의할 일이 있다고 다시 돌아오라 하셨습니다."

이미 조조의 손아귀에서 벗어난 유비였다. 유비는 정색하고 말했다.

"장수가 전쟁에 나가면 때에 따라 임금의 명도 거절하는 법이다. 황제께 말씀을 올렸고 승상도 분부한 일이다. 이제 와서 무슨 의논할 것이 있단 말인가? 돌아가서 승상께 적을 무찌르는 일이 급해 그대로 떠났다고 전해라!"

허저는 하릴없이 온 길을 되짚어 돌아갔다. 유비의 속셈을 뒤늦게 알아차린 조조가 후회했지만 어쩔 수 없었다. 유비에게 크게 한 방 먹은 셈이었다.

며칠 후 유비는 서주에 도착했다. 손건과 미축이 서주를 지키고 있었다. 인사를 나누고 가족들과 반갑게 상봉한 뒤 유비가 원술에게 정탐꾼을 보냈다. 예상대로 원술이 서주를 거쳐 원소에게 간다는 소식이 들어왔다.

"원술을 막자!"

유비는 관우, 장비 등과 함께 오만 군사를 거느리고 성 밖으로 나갔다. 때마침 원술의 선봉장 기령과 맞닥뜨렸다.

먼저 장비가 선봉으로 나가 기령을 대적했다. 지난번에 관우와 겨뤄도 밀리지 않았던 기령이었는데 오늘은 사정이 달랐다. 그는 십 합을 못 버티고 장비의 창에 목이 달아났다. 기령의 군사들이 놀라 달아나자 곧바로 원술이 들이닥쳤다.

"돗자리나 짜고 짚신이나 팔아먹던 촌놈이 황제의 앞길을 가로막는단 말이냐?"

유비도 지지 않았다.

"역적은 들어라! 나는 황제의 명을 받고 왔

허저는 조조가 항상 자신의 번쾌(한고조 유방의 수하로 유방을 위기에서 여러 차례 구한 장수)라고 부른 장수야. 오늘날로 치면 경호실장인 셈이지. 조조의 깊은 신임 속에 조조를 구하는 공을 많이 세워.

다. 당장 두 손 들고 항복하지 않으면 목숨을 바쳐야 할 것이다!"

역적이라는 말에 황제를 자칭했던 원술은 머리끝까지 화가 치밀었다. 급히 군사를 휘몰아 쳐들어가자 유비가 후퇴하는 척하다 갑자기 대형을 바꾸어 공세로 전환했다. 때맞춰 전후좌우에서 관우와 장비 등이 원술의 군사들을 포위하여 덮쳤다. 결과는 원술의 대패였다.

원술은 천여 명 남짓한 패잔병을 이끌고 구사일생으로 포위망을 뚫고 도망쳤다. 겨우 목숨을 건지기는 했지만 양식이 떨어져 군사들은 쫄쫄 굶은 상태였다. 그나마 남은 거친 밥을 먹으려니 도무지 목구멍에 넘어가지 않았다. 황제를 자청했던 원술은 자기도 모르게 평소처럼 부하에게 명령했다.

"목마르다. 꿀물 한 그릇 타 오너라!"

시중들던 시종이 말했다.

"꿀물이 어디 있습니까? 지금 주변에 핏물밖에 없습니다."

"뭐라고? 아흐, 내가 어쩌다 이 지경이 되었단 말이냐?"

원술은 화가 치밀었다. 어리석음과 도를 넘은 욕심이 자신을 이토록 비참하게 만들었다고는 생각지도 않았다. 오로지 분한 마음만이 하늘을 찌를 듯 격렬하게 북받쳐 올라 피가 거꾸로 솟는 느낌이었다. 그러다 그대로 침상 아래로 고꾸라져 피를 토하고 쓰러졌다. 그리고 다시 일어나지 못했다.

후세 사람들은 옥새를 차지하자 오만방자했던 원술이 꿀물 한 그릇을 얻지 못해 피를 쏟고 죽었다고 조롱했다. 허도에서 조조가 유비에게 원술을 사로잡을 것이라고 장담했지만 정작 원술을 저세상으로 보낸 사람은 천둥 번개에 두려워 떨던 유비였다.

원술이 가지고 있던 옥새는 그의 조카인 원윤이 가지고 도망가다 조조에게 빼앗겼다. 옥새마저 이렇게 조조의 손안에 들어갔다.[†]

원술이 죽자 유비는 표문을 써서 헌제에게 올렸다. 그리고 조조가 내준 오만 명의 군사로 서주를 지키면서 흩어진 민심을 다독였다. 유비는 비로소 자신의 세력을 가지고 다시금 제후들의 각축장으로 돌아왔다.

여기서 잠깐!!

정사에 의하면 옥새는 손견이 찾아서 자신이 보관한 것이 사실이라고 해. 이어 원술이 옥새를 강탈했고, 그가 죽자 조정의 소유가 되었다가 훗날 16국 시대에 염지(염위의 제1대 왕 염민의 태자)가 동진에 항복하면서 가져가 바쳤다고 하지. 이 옥새 덕분에 우물이라든지 여인의 시체 등 허구의 소설적 장치가 만들어졌어.

10
유비와 조조의 대립

유비가 자신의 군사들로 민심을 다독이며 힘을 기른다는 것을 알게 된 조조는 유비를 제거할 방법을 찾아야 했다. 순욱이 조조에게 한 가지 방책을 제시했다.

"일이 이렇게 된 이상 방법이 없습니다. 서주를 지키는 거기장군 차주에게 편지를 보내 유비를 제거하도록 하십시오."

"잘못되지 않도록 조심해서 진행하게."

조조의 허락이 떨어져 그날 밤으로 차주에게 밀서가 날아갔다. 차주는 유비 밑에서 명령을 받고 있었지만, 밀서를 받고 조용히 진등을 불러 의견을 구했다.

"조 승상께서 유비를 제거하라는 밀서를 보냈는데 좋은 방법이 없겠소이까?"

진등은 자칫 유비를 감싸고돌다 역적의 누명을 쓸 수도 있겠다 싶었다. 자신은 이미 조정의 벼슬을 받았기 때문이다. 곰곰 생각하던 진등이 이렇게 말했다.

"유비는 흩어진 백성을 챙기느라 정신이 없습니다. 지금 성 밖을 시찰하고 있으니 며칠 있으면 돌아올 겁니다. 그때 제거하시지요?"

"내가 밖으로 나갔다가 유비 군사들이 밀고 들어오면 어쩌라고요?"

"제가 성 위에서 화살을 쏘아 후군이 다가오지 못하게 막겠습니다."

고개를 끄덕이는 차주를 뒤로하고 진등은 집에 돌아와 부친 진규에게 말했다.

"조조가 차주에게 유비를 제거하라는 밀서를 보내 제가 한 가지 계책을 일러 주었습니다."

진규는 그 말을 듣고 생각했다. 유비는 덕이 있고 조조는 간신이라고들 하는데, 아들이 유비를 제거할 방책을 일러 준 것이다. 자칫하면 조조와 유비 사이에서 자기들 부자의 목숨이 위태로울 수도 있었다.

"네가 어리석은 짓을 했구나. 서주 사람들은 유비를 믿고 따르는데."

"승상께서 저희 부자에게 벼슬을 내려준 은덕이 있기 때문에 그리했습니다. 어쩌면 좋을까요?"

"지금이라도 늦지 않았다. 빨리 가서 유비에게 이 사실을 알려라. 그것만이 우리가 살고 민심을 얻는 길이다."

진등은 서둘러 밖으로 나가 성으로 돌아오는 관우와 장비에게 이실 직고했다. 그러자 장비가 침을 튀겨 가며 소리쳤다.

"차주가 우리 형님을 어찌해 보겠다고? 가만둘 수 없군."

관우가 흥분하는 장비를 말렸다.

"아우야, 그놈이 우리를 기다리며 군사를 매복했다고 하지 않냐. 자칫 하면 우리가 잡히고 말아."

"그럼 어찌해야 한단 말이오?"

"이럴 때 필요한 것이 꾀다. 너는 꾀가 부족해 문제야."

"그럼 잘난 형님이 꾀를 한번 내보시오."

"어려울 게 뭐 있느냐? 우리가 조조 군사처럼 꾸미고 가면 되지. 가서 차주를 나오라고 해 제거하자꾸나."

"하, 좋은 생각이오. 우리 병장기가 모두 조조에게 빌린 거니까 조조 군사라고 해도 당연히 속겠지."

그날 밤 삼경, 칠흑 같은 어둠이 사방을 휘감았을 때 관우와 장비가 서주 성문 앞에 이르러 소리쳤다.

"문 열어라!"

성문을 지키던 병사가 성루에서 물었다.

"누구냐?"

"승상님의 분부를 받고 온 장요의 군대다. 우리가 도착했다고 차 장군에게 알려라!"

그 말을 듣고 차주가 나왔지만 어두워서 도무지 적군인지 아군인지 분간할 수 없었다.

"날이 밝거든 문을 열어 줄 테니 기다려라!"

그렇게 되면 속임수가 탄로 날 것이 뻔했다. 관우는 병사들에게 아우성을 치라고 명했다.

"어허, 빨리 문 열라고!"

"우리가 온 걸 유비가 알면 일이 다 어그러진다고!"

"문을 안 열어 줘서 일이 틀어지면 책임질 테냐?"

군사들이 소란스럽게 떠들자 차주는 성문을 열고 군사 천여 명을 이끌고 밖으로 나왔다. 차주가 조교를 건너와 물었다.

"장요가 어디 있느냐?"

그 순간 관우가 불쑥 모습을 드러냈다.

"이놈, 간교한 꾀로 우리를 해치려 들어? 목을 늘여라!"

"아뿔싸!"

차주는 얼른 말머리를 돌렸다. 하지만 성 위에 있던 진등이 관우가 아닌 차주를 향해 화살을 날렸다. 성으로 들어가지도 못하고 관우와 대적하기도 겁이 난 차주는 성을 끼고 도망가다 결국 언월도에 목이 날아갔다. 성안에 있던 차주의 군사들은 혼란에 빠졌다.

관우가 외쳤다.

"차주는 죽었다! 항복하는 자는 살려 주겠지만 저항하는 자는 가차 없이 죽일 것이다!"

차주의 부하들이 모두 항복해 서주성은 관우가 차지했다. 뒤따라오던 유비에게 이런 사실을 알리자 유비가 놀라며 말했다.

"허허, 큰일 났구나! 조조가 쳐들어올 텐데."

"형님, 걱정하지 마십시오. 아우와 함께 조조에 맞서 싸우겠습니다."

장비가 차주의 가족들을 죽이고 난 뒤 유비가 성으로 들어왔다. 백성들은 매우 기뻐했다. 하지만 유비는 조조 생각에 걱정이 태산 같았다.

그때 진등이 나섰다. 진등은 이미 유비의 편에 서기로 확실하게 결심한 뒤였다.

"저에게 한 가지 계책이 있습니다."

"무슨 계책이오?"

"병법에 이르기를 적의 적은 친구라 했습니다. 조조가 가장 두려워하는 자가 누구겠습니까?"

"그야 원소 아니겠는가?"

원소와 조조는 누가 보아도 치열한 맞수였다.

"맞습니다. 원소는 기주와 청주, 유주, 병주에서 세력을 확장하고 있습니다. 군사도 백만이 넘는다 합니다. 원소의 도움을 받으심이 어떻겠습니까?"

말은 좋지만 유비는 원소와의 관계가 그다지 좋지 않았다. 원소가 애초부터 유비를 한낱 시골 무지렁이로 생각했기 때문이다.

"원소와 내가 친하지도 않을뿐더러 사촌 동생인 원술이 나 때문에 죽지 않았소? 나를 도와줄 리 있겠소?"

"하지만 원소 역시 영웅입니다. 주공을 도와 조조를 물리칠 수 있다면 이 기회를 놓치지 않을 것입니다. 믿을 만한 사람의 편지를 전달하면 원소가 반드시 주공을 도와줄 것입니다."

유비는 고개를 끄덕이며 그 지역 유림으로 이름이 높은 정현을 떠올렀다. 유비는 곧바로 정현을 찾아가 전후 상황을 얘기하고 원소에게 전할 서신을 부탁했다. 일찍부터 유비의 성정을 알고 있던 정현은 흔쾌히 수락했다.

"유현덕의 높은 공은 내가 잘 알고 있소이다. 원소에게 서신을 써 주겠소."

정현이 편지를 써서 건네자, 유비가 심복인 손건을 불러 직접 원소에게 전하라고 명했다.

뜻밖에 정현의 편지를 받은 원소는 고민했다. 수하 장수와 모사들은 서로 자기 의견을 내세우기 바빴다.

"군사를 일으키는 것은 옳지 않습니다. 차라리 조정에 공손찬을 제거했다 하시고, 그사이에 조조가 장난을 치면 조조를 비난하는 상소를 올리면서 실력을 쌓아야 합니다. 몇 해만 실력을 쌓으면 우리가 천하대세를 좌우할 수 있습니다."

그러자 다른 신하가 말했다.

"그렇지 않습니다. 우리가 공손찬을 없앴으니 이제 조조를 치는 것도 어렵지 않습니다. 당장 유비와 손잡고 조조를 제거해야 합니다."

"아닙니다. 조조는 공손찬과 비교할 수 없습니다. 섣불리 나설 일이 아닙니다."

모사마다 구구절절이 다른 의견을 냈다. 그때 모사인 허유가 돌아왔다. 그는 다른 사람들의 이야기를 듣고 나서 말했다.

"이 일은 한나라 황실을 바로잡는 일입니다. 그러니 군사를 일으키는 게 맞습니다. 대의명분도 원공의 편입니다."

비로소 원소는 그 말이 가장 마음에 들었다.

"그렇지. 나도 그 생각이오. 명분이 우리에게 있지 않소."

마침내 원소는 결심했다.

"군사를 일으켜 조조를 치자!"

원소는 삼십만 군사를 일으켜 여양을 향해 진군했다. 그때 모사 곽도가 말했다.

"모든 싸움에는 명분이 필요합니다. 조조를 치려면 천하의 민심이 우리에게 있음을 알려야 합니다. 격문을 써서 알리시지요."

"좋은 생각이다. 누가 쓰면 좋겠느냐?"

"서기 진림†의 문장이 일품입니다."

진림은 원소의 명을 받아 그 자리에서 격문을 써 나갔다.

조조는 희대의 간신이며 반드시 없애야 할 역적이다! 방자하기 짝이 없는 조조는 황제를 협박하여 제멋대로 도읍을 옮기고 승상 자리를 만들어 차지했다.

내가 군사를 일으켜 동탁을 제거했던 것은 한나라 황실을 바로잡기 위함이었다. 또 백성들이 병장기를 들고 따르며 군량을 제공한 것도 모두 한나라 황실을 위한 일이었다. 하지만 결과적으로 조조만 그 덕을 보았다. 조조는 자기 마음대로 정사를 쥐고 흔들며 나라의 기강을 어지럽히고 있다. 자신의 눈에 드는 자는 부귀영화를, 눈 밖에 난 자는 삼족을 멸하니 뜻이 있는 자도 입을 다물고 있다. 조정의 대신들 역시 허수아비에 불과하다.

그뿐 아니라 조조는 국법에 아랑곳하지 않고 사사로이 움직이고 있다. 조조가 군사들을 거느리고 가서 파헤친 무덤이 얼마이며 훔쳐 간 금은보화는 또 얼마던가! 그가 비록 삼공의 지위에 있다지만 하는 짓은 도적과 다름없다. 백성을 괴롭히고 쓸데없이 군사를 일으켜 인명을 살상하고 있다. 그 잔인함과 참혹함은 눈 뜨고 볼 수 없는 지경이다.

나는 그동안 외부에 있는 적을 치느라 조조를 가르칠 시간이 없었다. 그러면서도 그 스스로 은인자중하며 반성하기를 바랐다. 하지만 조조는 승냥이처럼 욕심을 부려 충성된 신하들을 제거하고 조정을 악화시켰다.

조조는 지금 군사를 일으켜 강 건너를 지키고 있다. 이것은 마치 당랑거철† 격이다. 조조의 장병 중에 싸울 만한 자들은 모두 유주와 기주 출신이라 고향을 그리워하고 있다. 그 밑에 있는 군사들도 모두 우리 고향 출신들로 눈물로 복종하고 있지만 언젠간 보복하려 하고 있다. 우리 군사가 가서 깃발을 휘날리고 나팔만 불어도 그들이 바로 들고일어나 조조의 군대는 저절로 무너질 것이다.

이제 한나라 황실은 기강이 쇠해 충성스러운 신하가 있어도 뜻을 펼치기 어렵다. 조조는 군사

진림은 대장군 하진 밑에 있었던 한나라 말의 문장가야. 하진이 영웅들을 불러들여 동태후를 죽이고 환관들을 제거하려 할 때 이를 저지했던 인물이지. 훗날 기주로 피난 갔다가 원소의 수하가 되어 문서를 관리하고 글 쓰는 일을 했어.

∿

당랑거철(螳螂拒轍)이라는 말이 생긴 일화가 있어. 제나라 장공이 사냥터로 가다 사마귀 한 마리가 앞발을 들고 수레바퀴 앞을 막은 걸 보고 말했어. "저 벌레가 인간이었다면 틀림없이 영웅이 되었을 것이다. 수레를 돌려 피해 가도록 하라." 그래서 사마귀가 수레에 맞선다는 뜻으로, 제 역량을 생각하지 않고 강한 상대나 되지 않을 일에 덤벼드는 무모한 행동거지를 비유하는 말로 지금까지 쓰이고 있어.《장자》의 '인간세편(人間世篇)'에 나오는 일화야.

력으로 황제를 감금하고 있고 언제든지 변고를 저지를 반역자의 싹을 보이고 있다.

지금이야말로 충신들이 목숨을 내놓고 열사들이 뜻을 모아 조조를 무찔러 공을 세워야 할 때다. 오늘로 우리는 유주, 병주, 청주, 기주의 군사들로 하여금 진격하게 하려 한다. 종묘사직을 바로잡아 남다른 공적을 드러내게 할 것이다. 조조의 목을 가져오는 자는 오천호후에 봉하고 오천만금을 주겠다. 조조의 장수 중에 항복하는 자는 죄를 묻지 않겠다. 은혜를 베풀고 규정에 따라 상을 줄 것이니 황제께서 조조에게 핍박당하는 사실을 널리 알리고, 그에 따라 뜻이 있는 자는 모두 일어나 조조를 물리쳐라!

읽기만 해도 주먹이 불끈 쥐어지는 격문이었다. 원소는 격문을 즉시 고을에 돌리고 관문에 붙이고 사람들이 볼 수 있게 나루터에 붙여 놓았다.

허도에 있던 조조의 손에도 격문이 쥐어졌다. 머리가 늘 아팠던 조조는 두통으로 누워 있다가 격문을 보자 등골에 땀이 흘렀다.

"이 격문은 누가 지었느냐?"

"진림이라는 자가 썼다 합니다."

"잘 쓴 글이다, 하하하하!"

"승상, 어찌하여 웃으십니까?"

"글을 아무리 잘 쓰면 뭐 하느냐? 원소가 한심한 인간인 것을……. 두통이 다 사라졌다.[†] 자, 대책을 강구하자."

모사들이 두서없이 의견을 냈다.

"원소의 세력이 매우 강대합니다. 싸우지 말고 화친하십시오."

그러자 순욱이 말했다.

"쓸모없는 인간과 화친해서 무엇을 하겠습니까?"

"그렇지 않습니다. 원소의 수하들도 용맹하고 지혜로운 자들입니다. 어찌 쓸모없다 하십니까?"

순욱이 조목조목 따졌다.

"원소 밑에 있는 자들을 내가 다 알고 있소. 다 단점이 있고 무능한 자들이오. 서로 갈등을 일으키며 싸우는 판국이니 보나 마나 안에서 변고가 일어날 것이오."

그 말을 들은 조조가 고개를 끄덕였다.

"그동안 순욱이 한 말은 늘 예측한 대로 되어 왔다. 군사를 일으켜서 싸우자!"

조조가 직접 이십만 대군을 이끌었다. 그리고 이렇게 일렀다.

"뒤가 불안하면 안 되니 유대와 왕충이 오만 군사를 끌고 가서 유비를 치도록 해라!"

조조가 유대와 왕충에게 유비를 공격하도록 명한 것이다. 그러자 정욱이 조조에게 간언했다.

"유대와 왕충으로는 유비를 대적할 수 없습

여기서 잠깐!!

문장가인 진림이 쓴 격문을 보고 조조의 두통이 사라졌다는 것은 정사에도 나오는 구절이야. 하지만 이 격문이 그렇게 했다는 것은 아니야. 훗날 진림이 자신의 수하에 들어와 글을 썼을 때 조조가 말했어. 그의 글을 읽으면 어느새 두통이 사라질 정도로 시원시원하다고. 이것을 《삼국지연의》에서는 시점을 바꿔 극적으로 묘사해 놓은 거지.

니다. 상대가 안 될 것입니다."

"나도 안다. 그냥 힘을 보여주려는 것뿐이다. 함부로 공격하지 말고 내가 원소를 치고 돌아올 때까지 기다리라는 명을 주었다."

유비가 함부로 움직이지 못하게 막기만 하겠다는 뜻이었다. 유대와 왕충은 조조의 명에 따라 군사를 끌고 서주로 향했다. 그들은 영채만 구축한 채 적극적으로 싸움에 나서지는 않았다.

조조와 원소는 팔십 리 간격을 두고 마주한 채 시간을 보냈다. 시간이 지체되자 조조는 부하들에게 사소한 싸움을 일으켜 보라고 지시한 뒤 허도로 돌아갔다. 양군은 대군끼리 사활을 걸고 맞붙는 격전이 될지도 몰라 섣불리 싸움을 걸지 못했다.

이때 유대와 왕충은 오만 명의 군사를 이끌고 와 서주에서 백 리 떨어진 곳에 진을 치고 조조의 깃발을 꽂았다. 두 장수는 절대 공격을 서두르지 않고 조조의 명이 떨어지기만 기다렸다. 원소와 맞서고 있는 조조에게서 특별한 명령이 내려올 일은 없을 터였다.

그런데 갑자기 조조가 사람을 보내 서주를 공격하라고 명했다. 명령을 받은 유대와 왕충은 서로 공격을 미루었다.

"장군이 먼저 나가시오."

"아니오. 승상께서 공을 보내셨으니 공이 먼저 나서야 할 것이오."

"내가 주장인데 어찌 싸운단 말이오?"

"그럼 우리 둘이 제비를 뽑읍시다."

서로 먼저 나서기를 두려워해 제비를 뽑은 결과 왕충이 먼저 절반의 군사를 이끌고 서주성을 공격하기로 했다. 조조 깃발을 내건 군사들이 싸움을 걸어오자 유비는 난감했다.

진등이 옆에서 의견을 냈다.

"조조는 워낙 잔꾀가 많아서 조조 깃발을 꽂았지만 저 안에 조조가 있지는 않을 것입니다. 조조는 원소와 싸우러 갔을 것입니다."

"확실한 정보를 알면 좋겠구나."

그 얘기를 듣고 장비가 벌떡 일어났다.

"제가 가서 살펴보고 오겠습니다."

"너는 성급해서 안 된다."

"조조가 있으면 직접 잡아 오겠습니다."

관우도 나섰다.

"형님, 제가 갔다 오겠습니다."

"그래, 운장이 나선다면 해볼 만하지."

관우는 군사 삼천을 이끌고 서주성을 나섰다. 눈보라 속에서 진을 친 관우는 적진을 향해 말을 달렸다.

"왕충은 나와라!"

왕충이 말을 달려 상대하러 나왔다.

"관우 너는 승상께서 여기 계신데 어찌하여 싸우려 드느냐?"

"그래? 승상이 계신다면 앞으로 나오시라 일러라. 내 직접 뵙고 인사 드리겠다."

"건방진 놈! 네놈 따위가 감히 승상을 나오라 마라 하느냐?"

왕충과 관운장이 맞붙어 불꽃을 튀겼다. 그런데 몇 합 겨루지 않고 관우가 말을 돌려 도망쳤다. 왕충이 그 뒤를 쫓았다.

"관우라는 놈이 별거 아니구먼!"

왕충은 관운장의 목을 베어 공을 세우고픈 욕심뿐이었다. 그때 관우가 나는 듯이 돌아섰다.

"이크!"

신나게 달려오던 왕충은 느닷없이 태세를 전환한 관우를 보고 허둥거렸다. 비호처럼 달려온 관우가 왕충의 갑옷을 잡고 창을 쳐냈다. 왕충은 한순간에 사로잡히고 말았다. 관우는 왕충을 그대로 찍어 눌러 말 잔등에 태운 채 본진으로 돌아왔다. 장수 왕충이 사로잡힌 것을 본 조조 군사들은 사기가 땅에 떨어졌다.

관우는 왕충을 데리고 유비 앞으로 나아갔다. 왕충은 덜덜 떨었다.

"유 장군, 살려 주시오!"

"너는 어찌하여 승상을 사칭하는 것이냐?"

유비가 근엄하게 물었다.

"승상을 사칭하지 않았습니다."

"그렇다면 어찌하여 승상기를 꽂았느냐?"

"승상께서 분부하셨습니다. 허장성세로 위세만 보여주라고요. 지금 이곳에 계시지는 않습니다."

조조가 없다는 걸 확인한 유비는 왕충을 감옥에 가두어 두었다. 그리고 관우, 장비와 의논했다.

"저런 자는 죽여 봐야 이득이 없다. 잡아 두었다가 돌려보내면 화해할 수도 있고 여러 가지로 유용하게 쓸 수 있다."

그때 장비가 나섰다.

"형님, 저도 공을 세우고 싶소. 나는 유대를 잡아 오겠소."

"안 된다. 경솔히 행동하지 마라. 지금 왕충이 잡혔기 때문에 유대는 더욱더 경계하고 있을 것이다."

"나도 형님처럼 놈을 잡을 수 있다구요."

"그러다 그자의 목을 치기라도 하면 승상에게 빌미만 준다. 자기 군사를 죽였다고 노발대발할 게 아니냐?"

"좋소! 만일 내가 그자를 사로잡지 못하고 죽인다면 내 목을 내놓겠소."

"정말이냐?"

"군령이 엄한데 제가 어찌 일구이언을 하겠습니까?"

유비는 장비에게 삼천 명의 군사를 내주었다. 장비는 득달같이 적진 앞으로 달려갔다. 예상대로 유대는 진지를 굳건히 하고 밖으로 나오지 않았다. 장비는 진지 앞에서 오만 가지 욕설을 퍼부었다. 모욕적인 욕을 못 참고 유대가 나오길 바랐지만 호랑이 같은 장비가 온 것을 안 유대는 더더욱 나오지 않았다. 싸워야 자신의 능력을 보여줄 텐데 적이 도무지 움직이지 않자 장비는 꾀를 냈다.

'형님이 나보고 꾀가 없다고 했지? 두고 보라지.'

장비가 부하들에게 일렀다.

"애들아, 오늘 밤에 적의 영채를 급습할 것이다. 이건 절대 비밀이다. 누설하는 자는 목을 벨 것이야. 단단히 준비하고 흐트러짐이 없도록 하여라!"

그렇게 명령한 뒤 장비는 술을 먹고 취한 척하며 군사들이 보는 앞에서 비틀거리며 돌아다녔다. 그때 한 군사가 용변을 보고 오느라 잠깐 자리를 비웠다. 장비가 그것을 발견했다.

"적을 앞에 두고 자리를 비우지 말라 했거늘. 당장 저놈을 묶어라!"

장비가 그 병사를 묶고 호되게 매를 쳤다.

"오늘 밤 기습에 성공하면 이놈을 제물로 바쳐 승리의 제사를 지낼 것이다. 일단 옥에 가둬 놓아라!"

그러고 나서 막사로 들어갔다.

얼마 뒤 그 병사와 친한 병사가 어둠을 뚫고 달려와 말했다.

"여보게, 자네가 이대로 죽는 걸 볼 수가 없네. 빨리 도망가게."

피투성이가 된 병사는 곧바로 진지를 빠져나와 유대의 영채로 달려갔다. 적병이 온 것을 알고 유대의 군사가 창을 들이댔다.

"웬 놈이냐?"

"장비 밑에서 도망쳐 왔소이다. 항복하겠소!"

그는 유대 앞에 가서 장비의 공격 계획을 털어놓았다.

"장비가 오늘 밤에 기습 공격을 한다고 했습니다. 그에 대비하셔야 합니다."

앙심을 품은 적군의 말을 듣고 있던 유대의 장수가 말했다.

"장비를 사로잡을 좋은 기회입니다. 미리 영채를 비워 놓고 놈들이 영채 안에 들어오면 한꺼번에 죽이면 됩니다."

"좋은 작전이다!"

유대는 영채를 비워 둔 채 양옆 산속에 군사를 매복시켰다. 그것을 아는지 모르는지 장비가 깊은 밤에 군사들에게 명령했다.

"천 명씩 세 갈래로 나누어 진군하고, 중로군 삼십 명만 먼저 영채로 들어가 불을 질러라. 그러면 적군이 포위망을 좁혀 올 것이다. 그때 우리가 다시 그놈들을 포위할 것이야."

드디어 특공대 삼십 명이 유대의 영채에 들어가 불을 질렀다. 불길이 일자 매복했던 유대의 복병들이 기회는 이때다 하고 소리쳤다.

"장비를 잡아라!"

영채를 둘러싸고 공격하려는데 장비의 군사로 바글바글해야 할 영채가 텅 비었다.

"이게 어찌 된 일이냐?"

그때 그들 뒤쪽에서 군사들의 함성이 울렸다. 세 갈래로 나누어 쳐들어온 장비의 군사들이었다. 깊은 밤이라 적군이 얼마나 되는지 알지도 못한 채 유대 군사들은 혼란에 빠졌다.

"어서 빠져나가라!"

유대의 군사들은 겁에 질려 사방으로 흩어져 도망치기 바빴다. 유대는 남은 병사를 이끌고 황급히 포위망을 뚫다가 장비와 마주쳤다.

"잘 만났다, 이 도적놈아!"

죽기 살기로 덤벼드는 유대의 칼날을 피하던 장비가 허리를 납작 숙이고 단숨에 그의 몸통을 잡아 끌어당겼다. 장수가 잡히는 것을 본 유대의 군사들은 더 싸울 기운을 잃고 항복했다.

장비가 승전기를 올리자 유비가 껄껄 웃었다.

"하하하, 장비가 성질 급하고 다혈질이라 번번이 퉁바리를 놨더니 이젠 꾀를 다 내는구나."

장비가 포로를 이끌고 당당히 개선했다.

"형님, 보십시오. 내가 꾀를 내어 놈을 사로잡지 않았습니까?"

"그게 다 내가 주의를 줘서 네가 조심한 거 아니냐?"

"하하하, 그렇긴 하오."

이어서 유비가 왕충과 유대를 앉혀 놓고 간곡한 말로 타일렀다.

"승상께서 나를 의심하고 있소. 모반이라도 꾀하는 줄 알지만 나는 승상의 은혜를 갚을 길이 없는 사람이오. 두 사람을 허도로 보내 드릴 테니 서로 좋게 마무리할 수 있도록 승상께 부탁드려 주기 바라오."

유대와 왕충은 유비의 태도를 보고 크게 감격했다.

"우리 목숨을 살려 주시는데 어찌 은혜를 안 갚겠습니까? 허도로 가기만 하면 승상께 잘 말씀 드리겠습니다."

유비는 유대와 왕충의 군사와 군마를 돌려주고 전송까지 했다. 그런데 여유롭게 나선 길에 난데없이 장비가 나타나 겁을 주었다.

"이놈들, 우리 형님께서 어찌해 네놈들을 풀어 주었단 말이냐? 목을 내놓아라!"

장비가 죽이겠다고 덤벼들자 관우가 달려왔다.

"장비야, 형님께서 놓아주셨다! 이자들을 죽이면 안 된다!"

"형님, 이자들이 또 군사를 끌고 올 것 아니겠소? 지금 죽이는 게 후환을 없애는 길이오."

"다시 오면 그때 죽여도 된다."

유대와 왕충은 혼이 나갈 지경이라 당황한 목소리로 말했다.

"우리는 절대 돌아오지 않겠소. 승상이 우리 가족을 다 죽인다 해도 이곳으로 발길조차 돌리지 않겠소. 제발 살려 주시오.”

유대와 왕충은 황급히 도망쳤다. 물론 이 모든 것이 다시는 엉뚱한 소리 하지 못하게 못을 박아 두려는 연출이었다. 조조가 두 장수를 그대로 두지 않고 군사를 일으킬 것이라고 생각했기 때문이다.

“형님, 아무래도 대비를 해야 할 것 같습니다.”

관우가 유비에게 말하자, 책사 손건이 의견을 냈다.

“우리에게는 성이 세 개 있습니다. 서주와 소패와 하비. 세 성을 나눠 맡아 긴밀히 협조하면 조조를 막기가 편할 것입니다.”

“그게 좋겠다. 관우가 하비성을 단단히 지키고, 내 가족들을 잘 챙기도록 하라!”

유비는 가장 신뢰하는 관우에게 감 부인과 미 부인을 맡겼다. 손건과 간옹, 미축, 미방에게 서주를 지키라 이르고, 자신은 장비와 함께 소패에 가 있기로 했다.

한편 유비가 풀어 준 유대와 왕충은 약속대로 조조에게 돌아가 유비를 두둔하는 말을 했다.

“유비는 승상을 절대 배반하지 않을 것입니다.”

“맞습니다. 유 황숙은 무척 너그러운 자입니다. 저희를 죽이지도 않았습니다.”

그 말을 들은 조조는 화가 치밀었다.

“이 어리석은 자들, 이자들을 내다 목을 베라! 나라를 욕되게 한 자들이다.”

결국 두 장수는 목이 떨어질 참이었는데 공융이 나서서 말렸다.

"승상, 어차피 이들을 보낼 때 유비의 상대가 되지 않는다 하시지 않았습니까? 알면서도 보내 놓고 나서 목을 벤다면 누가 승상의 명을 따르겠습니까? 잘 생각하옵소서."

"그렇구나. 그럼 이자들을 파직해라!"

유대와 황충은 벼슬을 잃고 겨우 목숨을 건져 초야로 돌아갔다. 이 일로 조조는 유비를 응징해야겠다는 결심을 더욱 굳건히 하게 된다.

11
조조에게 사로잡힌 관우

조조는 유비에게 보복하려면 형주의 유표와 친해져야 할 필요가 있었다. 허도가 비었을 때 습격당할 염려가 있었기 때문이다. 유표를 회유하려면 그가 좋아하는 일로 접근해야 했다.

장수의 모사 가후가 조조에게 꾀를 내주었다.

"형주의 유표는 이름이 널리 알려진 자들을 좋아합니다. 그런 사람을 보내 설득하면 항복할 것입니다."

"누가 적당하겠는가?"

"공융을 보내는 게 어떻겠습니까?"

"그거 좋은 생각이다."

공융은 당시 전국에 이름이 알려져 있었다. 순유가 심부름을 가서 그 뜻을 알렸다.

"승상께서 글 잘하는 유명한 문사를 보내 유표를 설득하려 합니다. 번거로우시겠지만 공께서 가 주시면 어떻겠습니까?"

공융은 이런 일에 나서고 싶지 않았다. 그는 내심 조조를 못마땅하게 생각하고 있었다. 그러나 단박에 거절하면 밉보일 게 뻔해 다른 사람을 추천했다.

"내 친구 중에 예형[†]이라는 사람이 있소."

"예형이 누굽니까?"

"나보다 열 배는 뛰어난 사람이오."

"그런 인사가 있단 말씀입니까?"

"예형은 유표를 회유하는 일은 물론 황제를 보필해 크게 쓰일 인물입니다. 그 사람을 천거하겠소이다."

예형은 당시 스물네 살의 젊은 처사로 재주가 뛰어났다. 한번 들은 것과 한번 본 것을 익히고 외워 자기 것으로 만드는 능력이 출중했을 뿐 아니라 성실하고 정직하며 지조가 있는 사람이었다.

공융은 황제에게 추천서를 올렸다.

황제께 청하옵니다. 예형을 크게 쓰시면 조정에 큰 도움이 될 것입니다. 그는 사리에 밝고 언변이 뛰어나며 어려운 나라의 위기를 진정시키는 사람입니다. 예형은 과거에 뛰어났던 지사들에 못지않은 인물입니다. 예형이 등용되어

뜻을 펼친다면 전국의 수많은 선비들이 찾아와 나라를 부강게 할 것입니다. 예형과 같은 인재는 많지 않습니다. 선비를 취하실 때 매우 신중하시니 예형을 한번 시험해 보시기 바랍니다. 만일 예형을 만나 보시고 쓸모없다 생각하시면 저를 벌하시옵소서.

황제가 추천서를 조조에게 건네주었다.

조조는 곧 예형을 초대했다. 예형이 초라한 옷차림으로 찾아와 인사를 올렸지만 조조는 처다보지도 않았다. 그러자 예형이 좌우를 둘러보고 하늘을 처다보며 탄식했다.

"세상은 넓은데 사람은 안 보이는구나."

조조가 고개를 돌려 물었다.

"내 수하의 수십 명이 다 걸출한 영웅이다. 어찌 그대는 오만하게 사람이 안 보인다고 하는 것이냐?"

"누가 영웅입니까?"

"나의 모사인 순욱과 순유, 곽가, 정욱은 생각이 깊고 지혜가 남들이 따라올 수 없는 사람들이다. 그들이 문신이라면 무신인 장요와 허저, 악진, 이전은 그 누구도 꺾을 수 없

예형은 학문과 재주가 뛰어난 사람이었어. 하지만 성격이 외골수라 세상과 어울리지 못했어. 당시 20대 중반이었던 걸 보면 예형은 천재거나 약간의 자폐성 장애를 가진 듯하기도 해.

는 명장들이다. 이렇게 인재들이 차고 넘치는데 어찌 사람이 없다고 하느냐?"

"하하하하, 잘못 알고 계십니다. 저자들은 다 허접한 쓰레기들이오. 남의 심부름을 하거나 작은 벼슬을 맡아 소임을 감당하면 딱 적당할 사람들입니다. 막일이나 하면서 개돼지나 기르면 될 것 같소. 덩치만 크지 밥벌레들에 불과하지 않느냔 말이오. 허우대만 멀쩡한 밥통에 고기나 뱃속에 잔뜩 담아 놓은 고기 부대일 뿐이오."

자기가 힘들게 모은 모사와 장수들을 싸잡아 비난하자 조조는 화가 치밀었다.

"무엇이? 그렇게 말하는 너는 도대체 할 줄 아는 게 무엇이냐?"

"나로 말할 것 같으면……."

예형이 빙긋이 웃으며 말했다.

"천문지리를 모조리 알고 있고, 유교, 불교, 선교, 도가, 음양가, 법가 등등 모든 사상을 두루 꿰어 모르는 게 없소이다. 임금을 모신다면 요순 임금처럼 만들고, 아래에 있는 자들은 공자나 안연과 같이 큰 덕을 갖추게 할 수 있으니, 세간의 속된 무리들과는 이야기를 나눌 수 없소이다."

참고 듣던 장요가 벌떡 일어나 칼을 뽑으려 하자 조조가 제지했다.

"그대가 그렇게 뛰어난 재주를 갖고 있다니, 북 치는 사람이 필요했는데 북이라도 치겠느냐?"

"해봅시다."

예형은 북을 치겠다고 고개를 끄덕였다.

"그럼 연회 때 나와서 북을 치도록 하라."

예형이 사라지자 신하들이 하나같이 들끓었다.

"승상, 어찌 저런 건방진 자의 목을 치지 않는단 말씀이십니까?"

"괜찮다. 저자를 직접 만나 보니 헛된 이름이 널리 알려졌구나. 내가 저런 자를 죽이면 사람들이 욕을 하게 되어 있다. 북이나 치게 만들어 모욕을 주면 스스로 물러나지 않겠느냐?"

며칠 뒤, 조조는 잔치를 벌여 놓고 예형을 불러 북을 치게 했다. 가장자리에 앉아 있던 예형이 북을 치러 나가는데 의관이 허름했다. 새 옷을 입지 않은 것이다. 나이 든 관리가 북을 칠 때는 새 옷을 입어야 한다고 귀띔했지만 예형은 아랑곳하지 않고 북을 쳤다.

"둥둥둥~ 둥둥둥~."

북소리가 궁궐에 울려 퍼졌다. 예형이 치는 북은 정말로 예사롭지 않았다. 고저장단과 음절이 절묘하게 어우러져 마치 쇠와 돌을 치는 것 같은 느낌이 들며 그 장단에 깊이 몰입되었다. 저도 모르게 북소리에 감동해 눈물지으며 황홀경에 빠져드는 식이었다. 가만히 듣고 있던 조조는 매우 당황했다.

'북 하나를 치는 것으로도 이토록 사람의 마음을 흔들다니······.'

조조의 속내를 눈치챈 신하들이 예형을 꾸짖었다.

"누더기를 입고 북을 치다니, 예의에 어긋나지 않느냐!"

"이까짓 옷이 뭐가 중요하단 말이냐?"

예형은 북을 치면서 옷을 훌훌 벗어 던졌다. 실오라기 하나 걸치지 않은 알몸으로 북을 치자 조조가 소리쳤다.

"이런 버릇없는 놈! 여기가 어딘 줄 알고 알몸으로 무례를 범하느냐?"

"내가 무슨 무례를 범했다 하시오? 그대가 황제를 속이는 것이 바로 무례요. 나는 부모님이 주신 몸을 그대로 갖고 있다는 것을 솔직하게 보여주었을 뿐이오."

"네가 나를 능욕하느냐?"

예형이 바지를 입으며 오히려 큰소리쳤다.

"누가 누구를 능욕한다는 것이냐? 네가 어진 사람을 구별하지 못하는 것은 눈이 탁하기 때문이며, 책을 읽지 않았으니 입이 탁한 것이다. 옳은 말을 듣지 못하니 귀가 막힌 것이고, 역사를 알지 못하니 몸이 탁한 것이다. 항상 반역할 마음을 갖고 있으니 마음도 탁하지 않으냐? 나는 천하의 명사인데 네가 나에게 북이나 치라고 오히려 모욕을 주고 있다. 네가 천하를 얻고자 한다고 들었는데 사람을 이렇게 우습게 아느냐? 그러고도 천하를 얻겠단 말이냐?"

조조는 예형의 말이 하나하나 가슴에 꽂혀 얼굴빛이 변했다.

"저놈을 당장 죽여야 하옵니다!"

신하들이 죽일 듯이 으르렁대자, 조조가 화를 억누르며 말했다.

"좋다. 그대를 형주로 보내겠다. 가서 유표를 잘 타일러 항복하게 만들면 내가 그대를 대신으로 삼겠다."

예형은 고개를 저었다.

"나는 그따위 심부름은 하지 않는다."

"뭣 하느냐? 얘들아, 예형을 형주의 유표에게 보내라!"

결국 예형은 사람들에게 끌려 강제로 유표에게 보내졌다. 재주 중에 가장 큰 재주는 자신의 재주를 쉽게 드러내지 않고 감추는 것이다. 예형은 그런 면에서 실패했다.

"놔라, 이 벌레 같은 놈들아!"

강제로 붙잡혀 떠나면서도 예형은 주위를 둘러보면서 오만 가지 욕을 해댔다.

예형은 형주에 가서 유표를 만났다. 유표는 조조가 보낸 사신이라 정중하게 맞이했다. 그런데 문신을 좋아하고 명사를 좋아하는 유표지만 입만 열면 버러지요, 쓰레기라는 소리를 해 대는 예형을 보자 심사가 뒤틀렸다. 비꼬아 욕을 하니 견딜 수가 없었다.

"공께서는 강하 태수 황조를 좀 만나 보십시오. 황조를 설득해 오면 내가 조조에게 항복하겠소."

"황조는 또 어떤 쓰레기냐?"

예형은 유표가 시키는 대로 황조를 만나러 갔다.

예형이 떠나자 신하가 유표에게 물었다.

"저런 막돼먹은 자를 어찌하여 놔두십니까? 대놓고 주공을 조롱하지 않습니까?"

"나에게 저럴진대 조조에게 어떻게 했을지 미루어 짐작이 간다. 그런데도 조조가 죽이지 않았다. 왜 죽이지 않았겠느냐?"

"세상이 두려워서입니까?"

"맞다! 인심을 잃을까 봐 예형을 나에게 보낸 것이다. 손 안 대고 저자를 처리하고 욕은 내가 먹기를 바란 것인데, 내가 그런 잔꾀에 넘어갈 것 같으냐? 황조에게 그를 보내 조조가 나를 무시하지 못하게 한 것이다."

그때 원소에게서 사신이 도착했다. 자신과 손을 잡고 조조를 치자고 서신을 보낸 것이다. 유표는 조조와 원소가 다툴 때 어느 편에 서는 것이 유리한지 판단하기가 고민스러웠다. 한숭을 허도로 보내 동정을 살피고 싶은데 한숭이 반발했다.

"저는 가고 싶지 않습니다."

"명령을 어기겠다는 것이냐?"

"허도에 가면 조조가 분명히 한나라의 벼슬을 내릴 텐데, 그러면 저는 주공과 맞서는 관계가 됩니다."

"그래도 다녀오라!"

한숭은 어쩔 수 없이 허도로 들어가 조조에게 인사를 건넸다. 조조는 한숭을 시종으로 삼고 영릉 태수로 봉했다. 아무런 공로도 없는데 벼슬을 준 것이다. 그러면서 한숭에게 부탁했다.

"형주로 돌아가면 유표에게 항복하라고 전해 주시오."

한숭은 형주로 돌아와 황실에서 자기가 받은 은총을 칭송한 뒤, 유표에게 아들을 보내 황제를 받들라고 권했다. 유표는 화가 치밀었다.

"네놈이 조조의 개가 되어 돌아왔구나."

한숭도 지지 않았다.

"장군이 나를 버렸지, 내가 장군을 버렸습니까? 나를 왜 허도로 보냈단 말입니까? 이럴 줄 알고 분명히 가지 않겠다 하지 않았습니까?"

틀린 말이 아니었다. 유표는 그렇게 어리석었다.

그 무렵 황조가 예형을 죽였다는 소식이 들려왔다.

"어찌하여 황조가 죽였다느냐?"

"황조가 술을 마시다 취해 인물이 천하에 어디 있냐고 물었답니다. 그러자 예형이 허도에서 공융은 큰아이 노릇을 하고, 양수(양표의 아들)는 작은아이 노릇을 하고 있을 뿐이며 나머지는 다 쓰레기라고 했답니다. 그러자 황조가 나는 어떠냐 그랬더니, 그대는 사당에 있는 귀신과 같아서 제삿밥은 얻어먹지만 영험이 없다고 했답니다. 그 순간 황조가 예형의 목을 베어 버렸답니다."

"저런!"

"죽을 때까지 예형은 욕을 그치지 않았다고 합니다."

조조도 그 소문을 듣고 한마디 했다.

"썩은 선비가 혓바닥을 놀리더니 스스로 목숨을 재촉했구나."

한편, 비밀 결사를 도모했던 동승은 왕자복과 함께 조조를 없애려 궁리했지만 도무지 묘책이 서지 않았다. 유비가 떠나자 힘을 쓸 수 있는 사람이 주변에 없었다. 동승은 정월 초하루에 조복을 갖춰 입고 황제를 알현했을 때 조

길평은 헌제의 주치의야. 정사에 의하면 그의 이름은 길평이 아니라 길본이며, 정식 벼슬은 태의령이었어. 사실 그는 동승과 함께 조조를 살해할 모의를 한 적이 없어. 건안 23년인 218년에 와서야 그는 다른 사람들과 함께 조조를 죽이려다 실패해 죽임을 당하고 말지. 나관중은 이 두 가지 사실을 합쳐 그럴싸하게 재구성했어. 필요하면 후대의 사건도 끌어다 재미있게 구성하는 능력을 보여준 거야.

조의 오만방자함에 울분이 터졌지만 시간이 흘러도 별 행동을 못 취해 화병으로 자리에 눕고 말았다.

동 국구가 병이 들었다고 하자 황제가 의사를 보냈다. 길평†이라는 당대의 명의였다. 그는 황제의 명에 따라 동 국구를 반드시 살려야 했기에 밤낮으로 약을 끓이며 병세를 살폈다. 마음에 병이 있으니 아무리 약을 먹여도 병이 잘 낫지 않았다.

하루는 길평이 헛소리를 하면서 악몽에 시달리는 동승을 보았다. 꿈속에서 동승은 왕자복 등과 함께 군사들을 이끌고 잔치를 벌이는 조조의 집으로 쳐들어갔다. 동승이 조조를 앞에 두고 칼을 뽑았다.

"역적 조조는 꼼짝 마라!"

칼을 내리치자 조조가 쓰러졌다. 그 순간 깜짝 놀란 동승이 눈을 떴지만 허무한 꿈이었다.

그런데 옆에 생각지도 않게 길평이 조용히 앉아 있었다. 길평은 동승의 속마음을 어림짐작했다. 동승은 혹시 길평이 자신의 잠꼬대를 들었을까 싶어 전전긍긍했다. 그 마음을 알았는지 길평이 낮은 소리로 동승에게 물었다.

"동 국구께선 조조를 해하려 하십니까?"

동승은 온몸이 얼어붙었다. 황제가 보낸 의원에게 본심을 들켰기 때문이다. 이 사실이 알려지면 자신의 목숨은 남아나지 않을 터였다. 동승이 떨며 두려워하자 길평이 말했다.

"걱정 마십시오. 저는 의원에 불과하지만 저 역시 세상 돌아가는 것은 조금 알고 있고, 한나라가 망해 가는 것을 안타까워하는 사람입니다.

감추지 마시고 제가 할 일이 있으면 알려 주십시오."

동승은 눈물을 흘리며 길평의 손을 잡았다.

"고맙소. 천지신명께서 한나라 조정을 버리지 않았구려."

동승이 자초지종을 이야기하자 길평은 후련한 얼굴로 말했다.

"걱정 마십시오. 제가 조조를 한 방에 죽일 수 있습니다."

"무슨 수로 말이오?"

"조조는 늘 머리가 아픈 편두통을 앓고 있습니다. 병세가 골수까지 파고들어 늘 괴로워하지요. 해서 병이 심하면 저를 자주 부르곤 하는데 그때 독약 한 첩만 달여서 먹이면 끝납니다. 구태여 군사까지 동원할 필요도 없습니다."

동승은 먹구름이 걷히는 기분이었다.

"옳거니! 정말 고맙소. 그렇게만 된다면 소원이 없겠소. 우리 한나라 사직을 제발 구해 주시오."

동승은 날아갈 듯 기뻤다. 길평이 돌아가자 병이 다 나은 듯했다. 몸이 가벼워 집 안을 둘러보며 거니는데 으슥한 숲속에서 하인인 진경동이 자신의 첩과 한창 수작을 부리는 것이 아닌가.

"이런 못된 연놈들, 뭐 하는 짓이냐?"

동승은 둘을 붙잡아 당장 물고를 내려 했다. 하지만 목숨만은 살려주기로 하고 곤장 사십 대를 쳐서 창고에 가둬 놓았다.

진경동은 억울하게 벌을 받았다는 생각에 이를 갈다 야심한 시각에 몰래 창고를 빠져나와 도망쳤다. 그리고 그길로 조조의 승상부로 달려가 소리쳤다.

"승상께 급히 알려 드릴 일이 있습니다. 문을 열어 주시오!"

조금 뒤 조조가 그를 맞았다.

"저는 동 국구 댁 심부름꾼입니다."

그 말을 듣는 순간 조조는 본능적으로 뭔가 있다는 걸 느꼈다.

"무슨 일이냐? 나에게 긴박한 일이라는데 헛된 일이면 너는 목이 날아갈 것이다."

"다름이 아니라 한참 전부터 저희 대감 댁에 몇몇 어른이 수시로 들락거리면서 저희 대감과 뭔가 꿍꿍이를 꾸미는 것 같은 낌새를 느꼈습니다. 조사해 보시면 분명히 뭔가 나올 겁니다. 게다가 오늘은 의원 길평이라는 자가 와서 주인어른과 부여안고 눈물을 흘리며 비분강개하는 것을 보았습니다."

작은 조각을 놓고도 전체를 꿰뚫어 보는 능력이 있는 조조였다. 짙은 의심이 들었다.

"저자를 잘 숨겨 두어라."

다음 날 조조는 머리가 아픈 척하고 의원을 불렀다. 전갈을 받은 길평은 옳다구나 싶었다.

'조조 네놈이 오늘에야 죽는구나.'

길평은 독약을 품에 넣고 승상부에 들어갔다. 조조는 아무 의심 없이 약을 잘 달이라고 일렀고, 길평은 정성껏 숯불에 한약을 달였다. 약이 졸아들고 적당한 농도가 되었을 때 길평은 사방을 살핀 다음 재빨리 독약을 탕기에 넣었다.

길평은 조조에게 약그릇을 바치며 말했다.

"이 약 한 첩만 드시면 두통이 씻은 듯이 사라질 것입니다."

틀린 말은 아니었다. 죽으면 두통도 없을 테니까.

그러나 조조는 빨리 마시지 않았다.

"어서 드십시오. 따뜻할 때 드셔야 효과가 좋습니다."

"그렇게 약효가 좋다면 너부터 먹어 보지 그러느냐?"

"예?"

순간 길평은 깨달았다. 뭔가 일이 잘못 돌아가고 있다는 것을.

"아닙니다. 약은 환자가 먹어야 합니다. 다른 사람이 먼저 먹을 일이 없습니다."

"네가 먼저 먹어 보래도."

일이 잘못됐음을 깨달은 길평은 독약을 조조의 귀에 부어 죽이려 시도했다.

"에잇!"

약사발을 얼굴로 가져가자 조조가 재빨리 몸을 피하며 약그릇을 쳐냈다. 약물이 바닥에 쏟아졌다. 얼마나 독성이 강했는지 바닥의 깐돌이 갈라질 정도였다.

"이놈, 네놈이 나를 해치려 해? 이자를 당장 묶어라!"

조금 뒤 조조가 상단에 앉아서 의자에 묶인 길평을 취조했다.

"누가 시켰느냐? 이름을 대면 너는 용서하리라."

길평은 고개를 빳빳이 들고 말했다.

"누가 시켜서 역적 놈을 죽이려 했겠느냐? 내 스스로 죽이려 한 것이다. 어서 나를 죽여라!"

조조가 혹독한 고문을 했다. 하지만 길평은 까무러치면서도 대답하지 않았다. 혹시 길평을 죽이면 잔당을 못 잡을까 싶어 조조는 그를 살려 놓은 뒤 다음 날 연회를 베풀었다.

모든 신하가 모였을 때 조조가 좌중을 둘러보며 거만하게 말했다.

"오늘 그대들에게 재미있는 구경거리를 보여드리겠소. 어서 그놈을 끌고 와라."

잠시 후 피투성이가 된 길평이 끌려와 단 아래 널브러졌다.

"여러분은 저자가 누군지 잘 모를 거요. 태의로 있는 자인데 본업인 의술이나 열심히 연마할 것이지, 주제넘게 악당들과 결탁해 나를 죽이려 했소. 누구와 모의했는지 저놈 입으로 한번 들어 봅시다."

곤장을 치자 길평이 외쳤다.

"나를 죽여라! 나를 왜 아직도 안 죽이는 게냐?"

옥졸들이 계속 매를 쳐서 기절하면 물을 들이붓고, 정신을 차리면 또 매를 치는 잔인한 고문이 이어졌다. 하지만 길평은 결코 매에 굴하지 않았다. 결국 쓸쓸하게 잔치가 파해 신하들이 돌아가자, 조조는 왕자복을 포함한 네 사람만 남으라고 일렀다. 얼굴이 사색이 된 그들에게 조조가 물었다.

"동 국구 집에서 어떤 작당을 한 것이오? 모여서 무슨 이야기들을 나눴소?"

"아무 이야기도 하지 않았소이다."

"그렇소? 얘들아, 그놈을 끌고 와라."

진경동이 끌려오자 왕자복은 동승의 하인을 알아보고 금세 얼굴이 굳었다.

조조는 가는 눈을 더 가늘게 뜨고 물었다.

"네놈이 무엇을 보았는지 소상히 말해 보아라."

"저 사람들이 수군거리면서 뭔가를 의논했습니다. 그리고 비단 쪼가리를 들여다보고 눈물을 흘렸습니다."

그때 왕자복이 외쳤다.

"이자는 동 국구의 첩과 정을 통해 벌을 받고 도망친 하인입니다. 이런 놈의 말을 어찌 믿으십니까?"

왕자복을 포함한 네 사람은 조조의 추궁에도 끝까지 버텼다. 조조는 화가 나서 네 사람을 옥에 가둔 뒤 동승의 집을 쳐들어갔다. 동승은 병을 핑계로 연회에 나오지도 않았다.

"국구는 연회에 왜 참석하지 않았소이까?"

"몸이 좋지 않습니다."

"나를 못 죽여서 생긴 병 아니오?"

당황한 동승이 말했다.

"그럴 리가 있습니까?"

"애들아, 집을 이 잡듯이 뒤져라!"

조조는 동승을 묶어서 끌고 갔다.

길평은 그때까지도 사실을 말하지 않았다.

"누가 시켰느냐?"

"하늘이 시켜서 역적을 죽이려 한 것이다. 나 혼자 한 짓이다."

조조는 길평의 손가락까지 다 끊었지만 길평은 결코 굴하지 않았다.

그런데 혀를 뽑는다고 하자 길평이 다른 모습을 보였다.

"그만두어라. 더는 못 버티겠구나. 포박을 풀면 내가 모든 사실을 다 불겠다."

포박이 풀리자 길평은 황제가 계신 궁을 향해 절을 올렸다.

"역적을 죽이려 했으나 죽이지 못했습니다. 이것도 하늘의 뜻인가 봅니다."

말을 마친 길평은 누가 말릴 새도 없이 옆에 있는 섬돌에 머리를 박아 스스로 목숨을 끊었다. 후세 시인들은 길평을 두고 병든 나라를 고치는 의원이라 칭송했다.

조조는 동승의 집 안을 샅샅이 뒤져 황제가 내린 옥대와 조서, 연판장까지 찾아냈다. 모든 것을 속속들이 읽고 난 조조는 동승의 식솔들을 죄다 가두었다.

이어서 신하들을 모아 대책을 의논했다.

"황제를 폐해야겠다. 새 황제를 세우지 않으면 안 되겠어. 나를 제거하려고 뒤에서 이런 짓을 했단 말이다."

그러자 정욱이 간언했다.

"아닙니다. 주공께서 지금 천하에 위용을 떨치시는 것은 황제를 받들고 있기 때문입니다. 제후들을 아직 다 평정하지도 못했는데 갑자기 황제를 폐하면 다시금 난리가 날 것입니다. 잠시 기다리시는 것이 어떻겠습니까?"

"알았다. 하지만 이 분통을 도무지 참을 수 없으니 역적들은 빠짐없이 삼족을 멸하도록 하라!"

이 일로 동승을 비롯한 다섯 집안이 멸족당해 칠백 명 넘는 이들이 목숨을 잃었다. 뜻이 있는 사람들은 하나같이 눈물을 흘렸다.

그래도 조조는 화가 풀리지 않았다.

"황제는 못 건드려도 귀비는 가만둘 수 없다."

조조는 궁궐에 들어가 동승의 누이동생인 동 귀비를 죽이기로 마음먹었다. 살벌한 얼굴로 황제를 만난 조조가 겁을 주었다.

"동승이 역적모의한 사실을 폐하는 모르십니까?"

황제는 부들부들 떨었다.

"나는 모르는 일이오."

"손가락을 깨물어 혈서를 쓰고도 모른단 말씀이십니까?"

황제는 할 말이 없었다.

"이 불미스러운 사건은 동 귀비 때문에 일어난 일이라 사료되옵니다. 귀비를 끌고 와라!"

동 귀비가 군사들에게 끌려오며 살려 달라 애원했다. 이때 동 귀비는 임신한 상태였다.

"나는 폐하의 아기를 가졌소. 살려 주오! 아기를 낳은 다음에 죽어도 늦지 않잖소?"

그러나 조조는 싸늘하게 말했다.

"역적의 종자를 남겨 둘 수 없다!"

조조는 동 귀비를 끌고 나가 목 졸라 죽이라고 명령했다.

조조는 자신의 허락 없이는 누구도 궁궐을 드나들지 못하게 했다. 그리고 심복 부하들에게 일러 궁을 포위해 황제를 꼼짝달싹 못 하게 가두어 버렸다. 그러고 나서도 분이 풀리지 않았다. 연판장에 있는 사람은 다 죽었는데 단 두 사람을 못 죽였기 때문이다. 바로 멀리 있는 마등과 유비였다.

"이자들을 어떻게 해야 죽일까?"

모사 정욱이 말했다.

"마등은 지금 서량에 가 있습니다. 너무 멀리 있어서 공격하기 어렵습니다. 유비는 서주에 있으면서 수하들과 함께 세 개의 성을 나누어 지키고 있습니다. 이 역시 쉽게 칠 수 없습니다. 유비를 치면 원소가 우리를 공격할 것이기 때문입니다."

그때 곽가가 이야기를 듣고 말했다.

"주공, 걱정하지 마십시오. 원소는 결단력이 없고 의심이 많은 자입니다. 게다가 지금 유비는 군사들을 새로 모아서 충성심 강한 자들이 없습니다. 지금 군사를 이끌고 가시면 북을 치기만 해도 이길 것입니다."

"옳다! 그대의 말이 맞다."

조조는 이십만 군사를 일으켜 서주를 향해 출정했다.

이 소식은 곧장 유비에게 알려졌다.

"마침내 올 것이 왔다. 어서 원소에게 구원을 요청하자."

늘 그렇듯이 손건이 믿음직한 신하로서 유비의 서신을 가지고 원소를 찾아갔다. 그런데 어쩐 일인지 원소는 초췌한 몰골로 넋이 나간 상태였다.

"원공께서 어찌하여 이렇게 쇠약해지셨습니까?"

"내 자식이 다섯인데 그중 어린 아들이 가장 총명해 내가 아껴 왔소.

한데 그 아이 건강이 좋지 않아 내 근심 걱정
이 이만저만이 아니라오. 그러다 보니 이리되
었소."

"지금 저희를 도와주셔야 합니다."

"내가 유공을 도와줘야 하는데 이런 상태라
서 마음이 내키지 않는구려. 가서 내 처지를
잘 말씀드리시오. 조조와 싸우다 혹시 잘못되
면 나를 찾아오시구려. 내가 보호는 해드리겠
소."

손건은 아무런 소득 없이 소패로 돌아왔
다. 그는 자식 문제로 천하의 대세를 그르치
는 원소를 찾아갔다는 사실이 너무나 부끄러
웠다. 유비로서는 참으로 난감한 일이 아닐
수 없었다. 원군도 없이 조조를 맞아야 했기
때문이다.

그러자 장비가 의견을 냈다.

"형님, 걱정 마십시오. 제가 먼 길을 달려온
적군을 바로 습격하겠습니다. 그러면 쉽게 물
리칠 수 있습니다."

장비의 말을 듣고 유비가 고개를 끄덕였다.

그러나 하늘은 조조의 편이었다. 조조가 군
사들을 이끌고 오는데 갑자기 바람이 불어 대

여기서 잠깐!!

이 당시의 전쟁은 결과를 알 수 없
기에 늘 점을 쳐서 미래를 내다보
곤 했어. 그런 까닭에 장수들은 천
문을 읽고 점술에 능통해야 했지.
《난중일기》를 보면 심지어 이순신
장군도 전투를 앞두고 걱정스러운
마음에 점을 쳤다는 이야기가 자주
나오곤 해.

장기가 부러졌다. 이를 두고 조조가 순욱에게 물었다.

"이게 무슨 징조냐?"

"동남쪽에서 부는 바람에 대장기가 부러졌습니다. 유비가 오늘 우리를 기습할 모양입니다."

"그렇다면 마땅히 방비를 해야지."†

조조는 일부 군사만 전진시키고 나머지 군사들은 요소 요소에 매복시켰다. 유비는 소패성에 손건을 남겨 둔 뒤 장비와 함께 조조의 영채를 습격했다.

"조조야, 어디 있느냐? 나와라!"

영채와 진지를 마구 짓밟는데 이상하게 인적이 느껴지지 않았다. 그 순간 사방에서 복병이 들고일어났다.

"유비를 잡아라!"

장요와 허저 등 조조 휘하의 맹장들이 일제히 포위망을 좁혀 왔다. 장비가 닥치는 대로 칼을 휘둘러 치고 베어 나갔지만 수하 장졸들은 애초에 조조에게 빌려 온 군사들이었다. 작전 실패에 중과부적이었다. 장비는 모든 군사를 잃고 망탕산으로 도망쳤다.

장비와 헤어진 유비 역시 전의를 잃고 하후돈의 추격을 받아 도망치기에 바빴다. 뒤를 돌아보니 겨우 삼십여 기만 따라올 뿐이었다. 소패로 돌아가려 했지만 조조 군의 습격으로 이미 소패성에서도 불길이 치솟았다. 하비로 가는 길도 조조 군사들에게 가로막혀 끊겼다. 삼 형제는 어쩔 수 없이 뿔뿔이 흩어지는 신세가 되고 말았다.

"아아, 아직 하늘이 나를 허락하지 않는구나."

갈 길을 고민하던 유비는 원소의 말을 떠올리고 청주로 말을 돌렸다. 청주 자사는 원소의 아들 원담이 맡고 있었다. 유비는 원담의 도움을 받아 다시 원소에게 향했다. 유비가 몸을 피해 온다는 말을 듣고 원소가 멀리까지 맞으러 나왔다. 유비에게 미안한 마음이 있었던 원소가 예를 갖춰 말했다.

"어린 자식이 건강이 안 좋아 청을 못 들어주었소. 미안하오."

유비도 자세를 낮추었다.

"오래전부터 문하에 오고 싶었지만 기회가 닿지 않았습니다. 천하의 선비를 받아 주신다 하여 이렇게 찾아왔습니다. 거두어 주시면 은혜를 잊지 않겠습니다."

유비는 다시 빈털터리가 되고 말았다.

소패를 손에 넣은 조조는 서주를 공략했다. 성을 지킬 힘이 없던 미축과 간옹은 성을 버리고 달아났다.

마지막 남은 것은 하비성이었다. 하비성은 관우가 남아 유비의 처자를 지키고 있었다. 원소의 군대가 원군으로 올 것을 염려한 조조의 장수들은 하루빨리 하비성을 치려 했다. 그러나 조조는 관우를 탐내 항복을 권해 보자고 말했다.

"나는 오래전부터 관우가 탐났네. 제후들이 연합군을 결성했을 때였지. 마궁수였던 그자를 처음 만났을 때 내 사람으로 쓸 수만 있다면 천하를 얻을 거란 생각을 했다네. 이제 기회가 되었으니 항복을 권해 보는 게 좋겠네."

그 말에 곽가가 의견을 냈다.

"관우는 의리를 중시하는 사람이라 결코 항복하지 않을 것입니다."

"그러니 어찌하면 좋겠는가?"

그때 장요가 나섰다.

"제가 가서 항복을 권해 보겠습니다."

정욱이 만류했다.

"아무리 장요와 친분이 있다고는 하나 관우는 말 몇 마디로 설득되지는 않을 사람입니다. 궁지에 몰려 항복할 수밖에 없게 만들어야 승상의 사람이 될 수 있지 않겠습니까?"

"그런 꾀가 있겠는가?"

"관우는 쉽게 사로잡기 어려우니 계책을 써야 합니다. 지금 사로잡은 군사 중 몇몇을 하비성으로 들여보내 우리와 내통하게 하십시오. 그리고 관우를 성 밖으로 유인해 돌아갈 길을 끊고 포위하면 어쩔 수 없이 항복할 것입니다."

"그거 좋은 계책이로다."

정욱의 계책에 따라 항복한 군사 몇 명을 정신 무장을 시킨 뒤 하비성으로 들여보냈다. 관우는 서주의 병사들이라 아무 의심 없이 받아 주었다.

이튿날 하후돈이 성을 포위하고 싸움을 걸었다. 욕 잘하는 병사들을 보내 성 밑에서 싸움을 걸게 한 것이다. 하지만 관우는 좀체 응하지 않았다.

"수염 긴 놈아, 네 형과 아우는 다 도망갔는데 너 혼자 무얼 지킨다고 그러느냐?"

"혹시 유비의 아내들을 네가 꿰차려는 것 아니냐?"

그런 모욕은 결코 참을 수 없는 관우였다.

"내 이놈들을 다 쓸어버리겠다."

마침내 분기탱천한 관우가 삼천 명의 군사를 이끌고 성 밖으로 나왔다. 기다렸다는 듯 하후돈이 관우를 맞아 싸우다 도망가고 싸우다 도망가며 관우를 멀리까지 유인했다. 어느새 이십 리 가까이 하후돈을 쫓아온 관우가 아차 싶어 군사들에게 명령했다.

"너무 멀리 나왔다. 돌아가자!"

군사를 돌려 성으로 돌아가려 할 때 숨어 있던 조조의 군사들이 쏟아져 나와 관우를 막아섰다. 관우는 길을 뚫기 위해 있는 힘껏 적들을 쓰러뜨렸다. 하지만 조조의 대군은 쓰러져도 밀려오고 쓰러져도 밀려와 끊임없이 길을 막아섰다.

"헉헉!"

지칠 대로 지친 관우는 작은 언덕 위에 진을 치고 잠깐 휴식을 취했다. 그사이에도 조조의 대군이 몰려와 몇 겹으로 언덕을 포위했다. 저 멀리 하비성에서 치솟는 불길이 보였다. 조조가 하비성으로 들여보낸 군사들이 성문을 열어 준 것이다.

"하비성을 구하러 가야 한다!"

다시 힘을 낸 관우는 몇 번이고 포위망을 뚫고 나가려 했다. 하지만 그때마다 조조 군사들의 거센 저항에 부딪혔다. 이러지도 저러지도 못할 때 조조의 진지에서 한 장수가 말을 타고 나와 관우에게 다가왔다. 바로 장요였다.

"그대가 나와 싸우려는 것인가?"

관우의 말에 장요가 나직이 대응했다.

"아닙니다, 형님! 옛날 생각이 나서 찾아왔을 뿐입니다."

"나는 항복하지 않는다. 나에게 항복을 권하지 마라."

"그런 것이 아닙니다. 형님이 과거에 여포 밑에 있던 나를 구해 준 적이 있는데, 이번에는 내가 형님을 구해 주려 합니다."

"그렇다면 나와 함께 싸우려는 것인가?"

"아닙니다. 유 황숙과 장비는 지금 어디로 갔는지 알 수도 없습니다. 조공께서는 하비성을 손에 넣는 등 서주를 모두 차지했습니다. 그런데 군사는 물론 백성 한 사람도 죽이지 않았습니다. 장령의 가족들도 잘 보호하도록 군사들에게 명해 놓았습니다. 저는 형님께 이 말씀을 드리러 왔을 뿐입니다."

"나에게 항복하라는 뜻이구나. 나에게 항복은 없다. 나는 곧 산을 내려가 적과 싸울 것이다."

"그러시면 온 천하가 형님을 조롱할 것입니다."

"나를 왜 조롱한단 말인가?"

"먼저 관공께서는 도원결의를 하면서 유 황숙, 장비와 함께 같은 날 같은 시각에 죽기로 하지 않았습니까? 먼저 죽는 것은 맹세를 저버리는 짓입니다. 또한 유 황숙이 가족을 지켜 달라는 임무를 주었을 텐데, 가족은 버려두고 속절없이 죽는다면 누가 그 가족을 돌보겠습니까? 셋째, 도원결의를 할 때 한나라의 종묘사직을 일으키자고 하셨는데 이렇게 허무하게 죽으면 개죽음과 다를 바 없습니다. 이 어찌 의리 있는 지사의 행동이라 하겠습니까? 그렇기에 제가 형님께 이런 사실을 일깨워 드리는 것입니다."

구구절절 옳은 말이었다. 관우는 할 말이 없었다.

"어쩌라는 것이냐?"

"형님은 지금 조공에게 포위되었습니다. 헛되이 죽으면 개죽음입니다. 일단 항복하셨다가 나중에 기회를 도모하시지요. 그렇게 되면 유 황숙의 가족을 돌볼 수 있고, 도원결의를 지킬 수 있으며, 먼 훗날 의로운 일을 하실 때 도움이 되지 않겠습니까? 이렇게 좋은 점이 있는데 왜 개죽음을 택하려 하십니까?"

관우가 잠시 생각한 뒤 말했다.

"좋다. 세 가지 약속을 한다면 항복하겠다. 그러나 약속을 들어주지 않으면 세 가지를 범하더라도 죽음만 있을 뿐이다."

"승상은 너그러운 분입니다. 말씀해 보십시오."

"먼저 내가 항복하는 것은 조조에게 항복하는 것이 아니다. 한나라 황실에 항복하는 것이니 그것을 분명히 하라. 둘째, 우리 형수님께는 유 황숙의 봉록을 내려 부양케 하고 누구도 감히 거처에 드나들지 못하게 하라. 셋째, 유비 형님이 살아 계시고 어디에 계시는지 알기만 하면 나는 반드시 형님에게 돌아갈 것이다. 이것을 승낙하지 않으면 나는 맹세코 항복하지 않겠다."

"알겠습니다. 가서 전하겠습니다."

장요는 언덕을 내려와 조조에게 관우의 세 가지 요구 조건을 알렸다. 앞의 두 가지 조건은 조조가 받아들일 수 있었지만 마지막 세 번째가 문제였다.

"그럴 바에야 내가 뭐 하러 관우를 쓰겠느냐? 언제고 다시 돌아가겠다는데."

그러자 장요가 다시 한 번 매달렸다. 관우를 진정 형님으로 모셨기 때문이다.

"승상께서 유비보다 더 잘해 주신다면 관우의 마음이 변할지도 모르지 않습니까? 마음을 잡아서 복종시키시지요."

"그렇구나. 내가 더 잘해 주면 되겠구나. 요구 조건을 받아들이겠다고 알려라."

마침내 관우는 항복하기로 마음먹고 기병 수십 명을 거느리고 직접 조조를 찾아갔다.

"패장을 죽이지 않으심에 감사합니다."

관우가 말에서 내려 예를 갖추자 조조가 황급히 답례하며 말했다.

"내 처음 본 순간부터 관운장을 흠모했소. 오늘 이렇게 다시 보니 평생소원을 이룬 것 같소이다."

조조는 천하의 제후들이 모였을 때 관우가 술 한 잔을 받아 놓고 적장의 목을 치고 돌아와 마시던 그 감동을 잊지 않고 있었다.

"승상께서는 부디 약속을 지켜 주십시오."

"나는 한번 승낙한 일은 어긴 적이 없소."

"유비 형님이 계신 곳을 알면 언제든 돌아갈 것입니다. 미처 하직 인사를 드리지 못하더라도 책망하지 마십시오."

"유현덕이 살아 있다면 당연히 보내 드리지."

조조는 잔치를 베풀어 후하게 대접하고 관우를 자신의 수하로 받아들였다. 허도로 돌아온 뒤에는 유비의 두 부인과 관우가 기거할 집을 마련해 주었다. 집을 지킬 병사도 내주었다. 조조가 이처럼 관우를 귀빈으로 예우하자 부중 사람들이 너도나도 관우에게 선물을 바쳤다. 관우는 그것들을 건드리지도 않고 두 형수에게 그대로 전달했다. 조조가 관우를 위해 보낸 열 명의 미인도 모두 형수들의 심부름꾼으로 보내 버렸다. 관우가 두 형수를 위하는 마음은 조심스러우면서도 한결같았다. 형수들이 기거하는 집 안에는 절대로 들어가지도 않고 안부도 항상 문밖에서 묻곤 했다.

　　조조는 관우를 자기 사람으로 만들려고 좋은 옷도 주고 늘 좋은 술과 음식을 대접했다. 하지만 관우는 꼿꼿하게 조조의 선물을 받아서 보관만 할 뿐이었다. 하루는 관우가 타고 다니는 말이 너무 여윈 것을 보고 조조가 물었다.

"그대의 말이 왜 이렇게 말랐는가?"

"제 몸이 육중하여 말이 늘 고생입니다."

"얘들아, 말을 가져오너라."

조조가 가져오라고 한 말은 바로 여포가 타던 적토마였다.

"이 말을 알아보겠소?"

"여포의 말이 아닙니까?"

"바로 그렇소. 이 말을 그대에게 주겠소."

관우는 기뻐하며 말을 받았다. 어떠한 선물을 줘도 기뻐하지 않던 관우가 기뻐하자 조조가 물었다.

"다른 선물은 조금도 기뻐하지 않더니 어찌하여 한낱 말 한 마리에 이렇듯 고마워하는 것이오?"

"승상, 적토마는 하루에 천 리를 간다 했습니다. 이런 말을 얻었으니 형님이 계신 곳을 알면 언제든지 달려갈 수 있지 않겠습니까?"

이익을 놓고 의리를 생각하고, 위급한 시기에 목숨을 내놓고, 오랜 약속을 평생토록 잊지 않고 지킨다면 완성된 사람이라 할 수 있다. 관우야말로 완성된 인격을 지니고 있었다.

조조는 적토마를 선물한 것을 후회했다. 아무리 잘해 주어도 관우의 마음이 돌아설 기미가 없자 장요가 관우를 찾아왔다.

"내가 승상께 형님을 추천했는데 승상을 섭섭하게 대하는 이유가 무엇입니까?"

"승상의 은혜는 항상 감사하고 있다네. 하지만 내 몸은 여기 있으나 마음은 유 황숙에게 가 있는 걸 어쩌겠나?"

"형님은 옳지 않습니다. 조조는 유 황숙보다 형님을 더 귀하게 대접했는데 어찌하여 떠날 생각만 하십니까"

"승상이 내게 베푼 큰 은혜를 나도 알고 있네. 하지만 생사를 같이하기로 맹세한 사람은 바로 유 황숙이야. 그분을 저버릴 수 없네. 나는 반드시 공을 세워 승상의 은혜를 갚은 다음에 떠날 것이야."

장요가 관우의 말을 전하자 조조는 얼굴에 수심이 가득했다.

"근본을 잃지 않는 관우야말로 진정 의로운 사람이로다."

이야기를 듣던 순욱이 끼어들었다.

"관우가 공을 세우겠다고 했잖습니까?"

"그렇지."

"그러면 앞으로 관우가 공을 세우지 못하게 하시면 떠나지 못할 것입니다."

조조는 그 말도 맞다고 생각해 고개를 끄덕였다.

과연 천하의 관우는 조조의 손아귀에서 벗어날 수 있을까?

주석으로 쉽게 읽는
고정욱 삼국지 2

초판 1쇄 발행 2022년 1월 7일
초판 12쇄 발행 2025년 1월 17일

삼국시재쇄
24.12.30

엮은이 고정욱
펴낸이 이범상
펴낸곳 (주)비전비엔피 · 애플북스

기획 편집 차재호 김승희 김혜경 한윤지 박성아 신은정
디자인 김혜림 이민선
마케팅 이성호 이병준 문세희 이유빈
전자책 김희정 안상희 김낙기
관리 이다정

주소 우) 04034 서울특별시 마포구 잔다리로7길 12 (서교동)
전화 02) 338-2411 | **팩스** 02) 338-2413
홈페이지 www.visionbp.co.kr
인스타그램 www.instagram.com/visionbnp
포스트 post.naver.com/visioncorea
이메일 visioncorea@naver.com
원고투고 editor@visionbp.co.kr

등록번호 제313-2007-000012호

ISBN 979-11-90147-79-8 04820
       979-11-90147-77-4 04820 [SET]

· 값은 뒤표지에 있습니다.
· 잘못된 책은 구입하신 서점에서 바꿔드립니다.